극장에서 나간 바보 성악가, 우주호

극장에서 나간 바보 성악가, 우주호

김도형 지음

바리톤
우주호

ⓒ김병종

아시아

차례

1
세상의 모든 어머니를 위해

요양원 로비는 어수선하기 그지없었다. 간병인의 제지에
도 자리를 박차고 나가 알아듣기 힘든 소리를 내며 여기저기
헤매는 환자가 있는가 하면, 침을 흘리며 몸을 비트는 환자
도 있었고, 옆 사람과 히죽거리는 환자도 있었다. 80여 명의
환자 중 다소곳하게 앉아 있는 사람은 손가락으로 꼽을 정도
였다. 행사를 도우러 나온 요양원 직원들은 난감한 표정으로
서 있었다. 곧 음악회를 시작해야 할 시간인데, 어떻게 해야
할지 갈피를 못 잡고 있었다. 치매, 뇌졸중, 암 등 중증 환자
들이 모여 있는 요양원에서 음악회를 하게 되면 돌발변수가
있을 것으로 예상은 했지만, 막상 눈앞에 시골 장터보다 더

번잡스러운 풍경이 펼쳐지니 우주호는 답답한 심정이 되었다. 6명의 동료도 평소 같지 않게 난감한 표정을 지었다. 더는 지체할 수 없었다.

> 에 남문을 열고 파루를 치니
> 계명산천이 밝아온다
> 에 에헤어야
> 얼럴럴거리고 방아로다
> 에 을축사월 갑자일에
> 경복궁을 이룩일세 에

첫 번째 곡으로 경쾌한 음정의 '경복궁 타령'을 부르자 분위기가 조금 잡히는 듯했다. 어떤 이들은 가볍게 몸을 흔들며 박자를 맞추기도 했다. 노래가 끝나자 박수가 쏟아졌다. 하지만 그 와중에도 자리를 뜨는 환자가 있는가 하면, 성악가들을 향해 손짓을 하며 무어라 중얼중얼거리는 환자도 있었다. 이어서 박력 넘치는 '오 솔레미오'를 부르자 분위기가 달아올랐다. 환자들도 신이 나 입을 벙긋벙긋하기도 했다. 그는 동료들의 표정을 힐끗 곁눈질로 살피면서 안도감을 느껐다. 두 번째 곡이 끝나자 사회자가 환자들도 잘 아는 동요를 불러줄 것이라고 했다.

　　뜸북 뜸북 뜸북새 논에서 울고
　　뻐꾹 뻐꾹 뻐꾹새 숲에서 울 제

　성악가들은 '오빠 생각'을 부르며 환자들 곁으로 다가갔다. 그들과 눈을 마주치고 손을 잡아주고 안아주기도 했다. 무표정한 사람, 손사래를 치며 피하는 사람, 순순히 응하는 사람, 적극적으로 다가서는 사람, 반응은 각양각색이었다. 시간이 흐르면서 환자들 사이에 미묘한 변화가 일어났다. 그렇게 산만하던 사람들이 노래에 집중을 하는가 하면, 흥얼흥얼 따라 부르기도 했다. 몇몇은 가볍게 몸을 흔들며 노래를 불렀고, 몇몇은 박수를 치며 노래를 불렀다. 노래가 끝나자 훌쩍거리는 소리도 들렸다. 잠시 분위기가 숙연해졌다. 주호가 헛기침을 했다. 그의 독창 차례였다.

　　산 너머 저 하늘이 그리운 것은
　　멀고 먼 고향이 그립기 때문

멀고 먼 고향이 그리운 것은
고향의 어머니가 그립기 때문

이종택 작사, 김진균 작곡의 '그리움'이었다. 진중하고 깊이 있는 음색의 가곡이었다. 주호는 노래를 부르며 한 할머니를 바라보았다. 음악회 내내 힘없이 머리를 숙이고 있던 할머니는 '그리움'이 들리자 앞을 바라보았다. 딱히 어딘가를 향하는 것 같지는 않았지만, 깊은 상념이 드리워져 있는 듯한 눈빛이었다. 그리고 웅얼웅얼 노래를 따라 불렀다. 주호는 눈시울이 뜨거워졌다.

고향의 어머니가 그리운 것은
어머니보다 더한 사랑이
더한 사랑이 없기 때문

노래가 끝나자 할머니는 텅 빈 시선으로 사방을 두리번거렸다. 주호는 할머니와 눈을 마주치고 싶었으나 뜻대로 되지 않았다. 몇 곡의 가곡과 동요가 더 울려 퍼졌고, '축배의 노래'를 끝으로 음악회는 마무리되었다.

"큰 고생 하셨습니다."

주호는 동료들에게 악수를 건넸다. 동료들은 환한 웃음을 지으며 굳게 손을 잡았다. 그들은 주호에게 분신과 다름없다. 크고 화려한 극장에서 벗어나 변방의 소외된 곳에서 노래를 부르며 함께 어우러지자는 제안을 흔쾌히 받아들인 친구들이다. 이들의 행동에 취지는 좋지만 더 큰 성악가로 성장하기 위해서는 가야 할 길이 아니라는 주변의 걱정이 있었고, 그런 곳에서 어떻게 성악다운 성악이 가능할 수 있느냐, 성악의 본질을 훼손할 수 있다는 비판도 있었다. 이런 걱정과 비판을 무릅쓰고 주호를 믿고 함께 길을 걷고 있는 것이다. 그들이 없었다면 주호도 자신의 뜻을 밀고 나갈 수 없었다.

환자들이 자리를 뜨지 않았다. 음악회가 끝났으니 입원실로 돌아가야 했지만 어느 누구도 그럴 생각이 없는 듯했다. 음악회를 시작할 때의 시무룩하거나 굳은 표정은 온데간데없고, 뜻밖의 희열을 맛본 표정을 하고 있었다.

"요양원에서 여러 번 행사를 해봤지만 환자들이 오늘처럼 온순한 것은 처음 봅니다. 노래를 따라 부르는 모습은 상상도 못했고요. 정말 고생하셨고, 고맙습니다."

요양원 직원이 성악가 일행에게 다가와 깍듯하게 인사를 건넸다. 일행은 환자들에게 다가가 손을 잡아주며 작별 인사를 했다. 몇몇 환자들과는 사진 촬영을 하기도 했다. 환자들도 한결 부드러운 표정으로 인사를 나누었다. 한 할머니는 어눌한 목소리로 "다음에…… 또 봤으면…… 좋겠어."라고 말했다.

주호는 몸집이 자그마한 한 할머니에게 다가가 두 손을 꼭 잡았다. '그리움'을 따라 불렀던 할머니다. 검버섯이 핀 메마른 손은 조금 거칠었지만 온기가 느껴졌다.

"엄마, 나 주호야. 엄마 아들 주호 왔어."

어머니는 말이 없었고, 초점 없는 눈으로 아들을 바라보았다. 아들은 눈시울이 화끈거렸다. 일단 입원실로 가는 것이 좋을 듯했다. 어머니를 부축해 입원실로 한 발 두 발 걸음을 옮겼다. 어머니의 몸이 전보다 가볍게 느껴졌다. 지팡이를 짚은 어머니도 느린 속도로 발걸음을 내디뎠다. 입원실은 한산한 편이었다. 침대에 어머니를 앉힌 후 어머니의 눈동자를 바라보았다. 텅 빈 우물 같았다. 무슨 말을 해야 할지, 이 말 저 말 골랐지만 마땅한 말이 떠오르지 않았다. 호흡을 가다듬은 후 노래를 부르기 시작했다.

산 너머 저 하늘이 그리운 것은
멀고 먼 고향이 그립기 때문

그러자 어머니도 서툰 음정으로 노래를 불렀다. 눈은 마주치지 못했지만 노래는 따라 불렀다.

'그리움'은 일반인은 물론 성악가도 잘 모르는 가곡이다. 주호는 이 노래를 고3 때 라디오로 처음 들었다. 국내 성악가 1세대인 베이스 김부열이 부르는 노래에 금세 매료되었다.

주호가 고2 때, 그의 집에 큰 변란이 일어났다. 1979년 2차 오일쇼크 후유증으로 아버지가 경영하던 공업사는 고전을 면치 못하다가 결국 간판을 내리고, 그 땅 일부에 어머니가 생계를 꾸리기 위해 방앗간을 시작했다. 그 와중에 주호는 성악 레슨을 받으러 대구행을 결심했다. 포항에는 마땅히 배울 만한 선생이 없었다. 가세가 기운 집안에서 성악을 한다는 것은 무모한 선택이었다. 레슨비를 대줄 사람은 지상에 딱 한 사람, 어머니뿐이었다. 아버지는 사업 실패로 경제력을 거의 상실한 상태였다.

대구에 첫 레슨을 받으러 가는 날, 주호는 어머니가 일하는 방앗간으로 갔다. 발걸음이 무거웠지만 다른 길은 없었다. 분쇄기가 시끄러운 굉음을 내며 돌아가는 방앗간 앞에 서서 분주하게 손을 놀리고 있는 어머니를 바라보자 갑자기 회의감이 온몸을 덮쳤다. 이제 어머니도 오십줄에 들어선 나이였다. 유복한 집안에서 곱게 살다가 뒤늦게 손에 물을 묻히며 고생하는 어머니에게 레슨비를 달라고 말할 엄두가 나지 않았다. 한참 망설이다가 방앗간 안으로 들어갔다. 어머니와 눈이 마주쳤다. 잠시 어색한 침묵이 흘렀다. 레슨 받으러 대구 가는 날이라고 겨우 입을 뗐다. 어머니는 고개를 끄덕이더니 얼마나 필요하냐고 물었다. 4만 원이라고 말했다. 2만 5천 원은 레슨비이고, 1만 5천 원은 왕복 차비와 밥값이었다. 짜장면 한 그릇이 400원 정도 하는 시절이었다. 어머니는 허리춤의 전대에서 구겨진 지폐를 꺼내 헤아려보더니 표정이 굳어졌다. 어디 가지 말고 잠깐 기다리고 있으라고 했다. 어머니는 전대를 풀어 나무의자에 놔두고는 방앗간 밖으로 나갔다. 주호는 나무의자에 앉아 어머니를 기다렸다. 10분쯤 지났을까, 어머니가 무표정한 얼굴로 방앗간에 들어왔다. 그리고는 주호 손에 4만 원을 쥐어주었다.

"길 조심하고, 잘 배우고 와."

어머니는 아들의 손을 잡으며 말했다. 아들은 그만 눈물을 흘리고 말았다. 참으려 했지만 도리가 없었다. 어머니는 그렇게 방앗간을 하며 한 푼 두 푼 모은 돈으로 아들의 뒷바라지를 했다.

주호는 '그리움'을 듣자마자 깊이 빠져들 수밖에 없었다. 대학시절 고향집에 갈 때도 어머니 앞에서 그 노래를 자주 불렀다. 그럴 때면 어머니도 느긋한 미소를 지으며 흥얼흥얼 함께 부르곤 했다. 어머니와 아들이 함께 보냈던 가장 행복한 순간이었다. 시간이 흐르고 어머니의 기억은 증발되었지만, 영혼 속에 스며든 노래는 무늬처럼 남아 있다. 어느덧 어머니와 아들을 잇는 유일한 고리는 과거에 눈을 마주치며 함께 불렀던 노래 한 곡이었다.

뇌졸중으로 쓰러져 고생하던 아버지가 돌아가시던 해 어머니는 치매 판정을 받았다. 유럽에서 한창 명성을 날리고 있던 주호는 그 사실을 알고 인생의 기로에 서게 되었다. 유럽에서 계속 활동할 것인지, 아니면 어머니를 돌보며 한국에 정착할 것인지. 주호는 후자를 선택했다. 어머니의 헌신이 없었다면 자신이 존재할 수 없고, 이제 어머니 곁으로 돌아가지 않는다면 자신의 존재 의미가 없어진다며. 그리고 〈사모곡〉이라는 음반을 제작해 어머니에게 바쳤다. 음반에는 '그리움'도 수록돼 있다.

어머니의 증세가 점차 나빠져 요양원으로 옮긴 지 2년이 지났을 때 주호는 요양원 원장을 찾아가 음악회를 하고 싶다고 했다.

"모친이 우리 요양원에 있는 줄은 처음 알았네요. 진작에 알았으면 더 잘 모셨을 텐데. 이거 미안하게 되었습니다."

원장은 딸이 음악을 해서 주호의 명성을 들었다며 친절하게 대했다.

"음악회는 좋은 제안이고, 저희들로서는 고맙기 그지없습니다. 그런데……, 잘 아시겠지만, 이 요양원은 중증 환자들이 많은 곳이고, 그렇다 보니 행사를 하게 되면 어려움이 있을 수밖에 없습니다. 이걸 아시고, 양해를 해주셔야 합니다만."

"그걸 왜 모르겠습니까? 저희가 극장 밖으로 나가 노래를 많이 부르고 있습니다만, 이제는 나이 드신 부모님과 주변 사람들을 위해서도 노래를 불러야 되지 않겠느냐는 생각으로 요양원에서는 처음 음악회를 해보기로 한 겁니다. 어머니를 위해 하는 행사인데, 그런 걱정은 안 하셔도 됩니다."

"뜻은 잘 알겠습니다. 그래도 저희는 걱정이 안 될 수 없습니다. 준비는 단단히 하겠습니다. 쉽지 않은 결정을 해주셔서 고맙습니다."

요양원 작은 음악회는 그렇게 성사되었다.

주호는 한국에 정착한 후 농어촌 등 소외지역을 찾아다니며 노래를 불렀다. 당시는 인기 오페라와 음악회에 단골로 캐스팅되는 것은 물론, 대학에도 출강하며 바쁜 나날을 보낼 때였다. 그런 상황에서도 주호는 극장 안에만 머물러서는 안 된다고 생각했다. 자신의 재능은 어머니와 주변 사람들이 만들어준 것인 만큼 이제는 세상에 돌려주어야 한다고 판단했다.

요양원 음악회에서 주호는 귀한 영감을 얻었다. 기억을 상실한 어머니가 노래를 기억해낸 것을 두 눈으로 확인하고, 음악의 치유 효과에 강한 믿음을 갖게 되었다. 주호와 벗들은 이날을 계기로 요양원에 있는 세상의 모든 어머니를 위해 계속 음악회를 열게 된다.

2

인생의 나침반

주호가 국민학교에 입학하던 1973년 여름, 포항 역사의 물줄기를 바꾸는 큰일이 있었다. 포항제철 1기 설비 종합준공식이 열린 것이다. 영일만 모래벌판에 제선·제강·압연 등 총 22개 공장과 부대설비가 위용을 드러냈다. 포항 곳곳에 축하 현수막이 걸렸고, 서울 광화문에도 '포항종합제철 준공' 경축 아치가 설치되었다.

포철은 포항의 운명을 바꿔놓았다. 사람과 돈이 몰려들면서 도시에 활력이 넘쳤다. 노란색 작업복을 입은 노동자들이 자전거를 타고 형산강 너머 제철공장으로 향하는 모습은 장관이었다. 태화공업사는 이런 시대를 배경으로 문을 열었다.

제철공장 건설현장에서 작업하다가 고장 난 굴삭기, 불도저 등 중장비를 주로 수리했으며, 주호가 다니던 국민학교 뒤편 150평 부지에 10여 명의 직원이 근무했다.

주호의 아버지는 인물이 훤했고 덩치도 좋았다. 운동에 능했고 노래도 잘했으며 트럼펫도 연주할 정도로 음악 감각이 뛰어났다. 멋쟁이라 할 수 있었고 한량이라 할 수도 있었다. 그는 산업화의 흐름에 편승해 공업사를 경영하면서 꽤 많은 돈을 벌었다. 일본어에 능했고 철강 지식이 풍부했기에 가능한 일이었다. 당시 포항에 몇 대 없던 브리샤 승용차를 몰고 다녔고 고급주택도 소유했다. 철 깎는 기계인 밀링커트는 그의 자부심이었다. 7미터가량의 밀링커트는 당시 집 한 채 가격과 맞먹는 고가의 장비로 포항에서는 단 한 대뿐이었고, 전국에서도 흔치 않았다. 주호는 포철 직원이 독일 기술자를 태화공업사로 데리고 와 밀링커트를 살펴보는 것을 지켜보며 아버지의 존재감을 실감할 수 있었다.

주호는 3남 3녀 중 막내였다. 큰누나는 스무 살이나 많아 어머니뻘이었다. 누나, 큰형과는 나이 차이가 너무 나 편하게 어울리기가 쉽지 않았고, 다섯 살 터울인 작은형과 많은 시간을 함께하며 어린 시절을 보냈다. 1911년 설립된, 포항에서 역사가 가장 오래된 영흥국민학교를 다녔다. 붙임성이 좋은 주호는 친구들을 몰고 다녔다. 집안 형편도 좋아서 친구들에게 선심을 베풀 수 있었다. 학교 후문 구멍가게에서 친구들과 떡볶이, 달고나 등을 마음껏 먹고 나면 어머니가 계산을 해주었다. 학교 육성회 임원인 아버지가 시소, 철봉, 정문 등을 제작해 학교에 기증한 덕분에 주호는 어깨를 펴고 다녔다. 집은 넓은 데다 방도 여러 개여서 친구들을 우르르 몰고 가 라면을 끓여 먹으며 신나게 놀기도 했다. 아버지를 닮은 아이는 덩치가 크고 운동신경도 좋아 운동에서 두각을 나타냈다. 4학년 때 단거리 육상선수와 배구선수를 겸했는데, 전교생을 통틀어 유일한 사례였다. 놀기 좋아하고 운동을 좋아해도 성적 석차가 중간치는 웃돌았다.

우주호라는 이름 석 자는 주호를 수시로 곤혹스럽게 했다. 저학년일 때는 철이 없어 몰랐지만, 3학년이 되자 이름 때문에 얼굴이 붉어지는 일이 종종 일어났다. 아이들은 "우주호, 야 이름 멋지다! 그런데 우주호를 타고 우주로 가버리는 거는 아니지. 제발 지구를 떠나지 마!" 하며 주호를 골려먹었다. 임금 우(禹), 두루 주(周), 하늘 호(昊). 우주호는 임금이 하늘을 살핀다는 뜻이다. 아버지는 의도적으로 이름을 그렇게 지었다.

"주호가 큰 사람이 돼라고 이름을 그리 지었으니 신경 쓰지 말아라."

이름 때문에 친구들한테 놀림을 당한 후 뾰로통한 얼굴로 아버지에게 그 사실을 얘기하면 아버지는 머리를 쓰다듬으며 그렇게 타일렀다. 이름으로 인한 난처함은 주호의 성장과정에서 쉼 없이 일어났다. 특히 새 학년을 시작할 때마다 늘 웃음과 주목의 대상이 되었다. 새로운 담임선생님은 어김없이 "우주호, 누구지?"라며 주호를 일으켜 세웠다. 그러면 교실 여기저기서 웃음소리가 들렸다. '우주오'의 잘못된 표기가 아니냐는 말도 수없이 들었고, 실수라도 한 번 하면 이름값 좀 하라는 뼈 있는 농담도 들어야 했다. 간혹 이름과 외모가 잘 어울린다는 덕담을 들을 때면 위로가 되었다.

5학년이 되면서 학교에 탁구부가 창단되었다. 교장은 단기간에 탁구 명문학교로 키우겠다고 잔뜩 의욕을 부렸다. 담임선생님이 탁구부 부장을 맡았다. 그는 머리가 좋아야 탁구를 잘할 수 있다며 학업성적이 좋은 아이들 중에 운동신경도 있어 보이는 아이들을 탁구부에 넣었다. 공부를 웬만큼 하면서 운동능력이 뛰어난 주호도 탁구부 유니폼을 입게 되었다.

탁구 라켓을 잡으면서 공부와는 멀어지게 되었다. 아침에 출석을 부르고는 곧장 버스를 타고 중앙상가 포항극장 앞에 있는 국제탁구장으로 이동했다. 학교에는 탁구장이 없어서 사설 탁구장을 연습장으로 이용한 것이다. 감독은 국제탁구장 주인이 맡았다. 주호는 빠른 리듬에 맞춰 반복적으로 작은 공을 치는 탁구가 적성에 맞았다. 열심히 배웠다. 그해 늦가을 경상북도대회에서 개인전 3위를 차지했다. 강한 드라이브를 주무기로 상대를 제압했는데, 실전 경험이 부족하다 보니 결승 진출에는 실패했다.

당시는 대구가 경상북도에서 분리되기 전이어서 도단위 대회에서 3위를 차지한다는 것은 굉장히 힘든 일이었다. 더군다나 탁구를 배운 지 일 년도 안 돼 그만한 성적을 거둔 것은 이례적이었다. 대회가 끝난 후 며칠 지나지 않아 담임선생님이 주호를 불렀다.

"주호야, 대구에 가지 않을래."

무슨 말인가 싶어 눈이 동그래졌다.

"심인중학교에서 널 스카우트하겠다는데."

주호는 귀가 솔깃했다. 포항에는 중학교에 탁구부가 없어서 탁구를 계속하려면 대구로 가야 했다. 더군다나 심인중학교는 전국을 호령하는 탁구 명문이었다. 주호는 탁구가 재미있었고, 대도시인 대구, 그것도 전국적인 탁구 명문에서 운동을 할 수 있다는 기대감에 가슴이 벌렁거렸다. 어머니에게 얘기를 꺼내자 단박에 머리를 가로저었다.

"운동을 즐기면 되지 집 떠나서 무얼 어쩌자고 그러니. 곧 6학년이 되는데 공부에도 신경을 좀 쓰려무나."

주호는 어머니의 단호한 표정을 보고는 할 말을 잃었다. 며칠 후 교장이 태화공업사를 찾아왔다. 심인중학교가 경북도 교육청에 청을 넣어 자신을 보냈다고 밝혔다. 교장의 간곡한 설득을 어머니도 경청했다.

"주호를 잘 챙겨주셔서 어미로서 감사하게 생각합니다. 하지만 저희 집에서는 주호를 운동선수로 키운다는 것은 생각해본 적이 없어요. 주호가 운동을 좋아해서 하고 싶은 것을 하라고 한 건데 일이 이렇게 커질 줄은 몰랐네요."

어머니의 말은 부드러웠지만 표정에는 완강한 반대 의사가 역력했다. 옆자리의 아버지가 간헐적으로 헛기침을 하고 주호가 닭똥 같은 눈물을 뚝뚝 흘렸으나 어머니는 흔들리지 않았다. 주호의 대구행은 좌절되었다. 6학년이 되면서 탁구 라켓을 놓았다. 그 여파로 학교 탁구부도 얼마 지나지 않아

해체되고 말았다. 주호는 그때 상처로 고등학교 졸업 때까지 탁구장 근처에 얼씬도 하지 않았다.

역사의 큰 물결은 어느 날 갑자기 사람들을 깊은 물속으로 곤두박질치게 한다. 주호가 중학교에 입학하던 1979년에 터진 2차 오일쇼크가 그랬다. 석유 가격이 폭등하면서 세계경제는 대혼란을 겪었다. 국내 경기도 혼돈 속으로 빠져들었다. 이듬해 국내 소비자 물가는 40퍼센트나 치솟았고, 그 바람에 사재기가 횡행했다. 학교에서 몽당연필에 볼펜자루를 끼워 쓰는 등 아껴쓰기 운동이 전개될 정도로 거의 모든 사회활동, 경제활동이 감축 일변도가 되었다.

포철 덕분에 잘 나가던 포항 경제에도 쓰나미가 닥쳤다. 문을 닫는 중소기업이 속출했고 태화공업사도 휘청거렸다. '태화'라는 상호처럼 더 이상 커나가지 못하고 고전을 면치 못했다. 직원들을 한 명 두 명 내보내며 어떻게든 버텨보려 악전고투를 했다. 주호의 집에도 짙은 그림자가 드리웠다. 고급주택을 팔고, 태화공업사 옆에 붙어 있는 작은 집을 고쳐 이사를 했다. 큰누나, 작은누나는 이미 출가했고, 부모님과 네 남매가 방 두 개, 다락방 한 개에 기거했다. 집이 부실해 수시로 연탄가스가 새는 바람에 온 식구의 고생이 이만저만

이 아니었다.

중학교 2학년 무렵, 수업을 마치고 집으로 가는 길인데 공업사 주변이 소란스러웠다. 주호는 무슨 일인가 싶어 잰걸음으로 공업사로 다가갔다. 대형트럭이 공업사 앞에 서 있었고, 공업사 안에 낯선 장정 여러 명이 들어와 있었다. 그들은 밀링커트를 옮기기 위해 각종 장비를 동원해 안간힘을 쓰고 있었다.

"글쎄, 부도를 막는다고 저 귀한 장비를 판다지 뭡니까?"

"태화 사장님 속이 많이 쓰리겠어."

"속이 쓰린 정도가 아니라 땅이 내려앉는 심정일 거야."

동네사람들이 모여들어 걱정스러운 얼굴로 수군거렸다. 밀링커트는 매입 가격의 절반도 안 되는 가격에 팔리는 신세가 되었다. 밀링커트가 트럭 짐칸에 실리고, 트럭이 출발하자 아버지는 그만 눈물을 흘리고 말았다. 이 장면은 태화공업사와 주호 가족의 미래를 보여주는 징표가 되었다. 아버지는 공장장과 직원 한 명을 데리고 어떻게든 일어서보려고 어금니를 깨물었다.

주호의 중학교 생활이 순탄할 리 없었다. 부자 망해도 3년은 간다는 말은 주호네에는 통하지 않았다. 도시락에 하나씩

들어가기 마련인 계란프라이는 언감생심 꿈도 못 꿨고, 도시락 없이 학교에 가는 날도 잦았다. 친구들의 도시락을 얻어먹거나 수돗물로 헛배를 채울 때도 있었다. 점심시간이 원망스러울 지경이었다. 공납금을 제때 못 내 교실 뒤에서 팔 들고 서 있는 날도 있었다. 그나마 '빳다'를 맞느라 엉덩이를 몽둥이에 맡겨야 하는 가난한 급우들보다는 나은 편이었다. 주호를 잘 봐준 담임선생님이 편애 아닌 편애를 해준 것이었다. 주호는 기가 죽을 만했으나 고개를 숙이지는 않았다. 국민학교 때 부족했던 공부를 열심히 했고 선생님 말씀을 잘 따랐다.

작은형 주성은 문학에 소질이 있었고 고전음악에도 관심이 많았다. 아버지는 예술에 재능을 보인 작은형이 마땅치 않았지만, 주호는 왠지 모르게 끌렸다. 사춘기를 심하게 앓았던 작은형은 의도적으로 공부를 멀리한 탓에 포항에 있는 전문대학에 진학했다. 하지만 어려운 가정형편에도 문학책을 놓지 않았고 고전음악을 즐겨 들었다.

"주호야, 앞으로는 어느 분야에서든 리더가 되려면 예술적 감성이 있어야 하는 세상이 올 거다. 책도 틈틈이 읽고 가곡도 이따금 들었으면 좋겠다."

중학교 3학년 무렵, 주호는 장차 사업가가 돼 돈을 많이 벌어서 세상을 위해 잘 쓰고 싶다는 막연한 생각을 했다. 유복한 집안에서 자라다가 친구들에게 도시락을 얻어먹는 신세가 되면서 품게 된 자연스러운 생각일 수 있었다. 그 와중에 작은형이 들려준 얘기가 인생의 나침반이 될 줄은 몰랐다.

3
밤바다에서 부른 노래

"우주호, 합창부에 들어오지 않을래?"

음악시간이 끝나갈 무렵, 아담한 체구의 음악선생님은 주호를 넌지시 바라보고 물었다. 선생님의 눈빛에는 너는 당연히 예, 라고 답하겠지 하는 기대가 담겨 있었다. 주호는 선생님의 기대에 어긋나지 않는 대답을 하고 포항 대동고등학교 합창단원이 되었다. 음악선생님은 음악에 소질이 있고 착실해 보이는 학생들을 합창단원으로 뽑았다. 한 학급에 3명씩, 1학년은 30명 정도였다.

대동고등학교는 예능교육, 그중에서도 음악교육이 활발한 학교였다. 김현호 교장이 음악에 조예가 깊었고, 미션스쿨이

어서 음악을 장려했으며, 합창부를 이끈 박창근 선생님도 열정적으로 학생들을 가르쳤다. 작은형 덕분에 가곡을 접해 본 주호는 학교의 이런 분위기가 마음에 들었다. 공부도 열심히 하면서 합창 연습도 성실히 했다. 1학년 2학기 개학을 한 지 얼마 지나지 않아 박창근 선생님이 주호를 음악실로 불렀다.

"합창은 재밌니?"

"예, 할 만합니다."

"그럼, 성악 레슨 받아보지 않을래?"

"레슨요?"

늘 시원시원하게 말하는 주호였지만 이번만큼은 달랐다. 레슨을 받는다는 것은 정식으로 음악을 배운다는 것이고 돈이 있어야 하기 때문이었다.

"믿을 만한 선생님께 소개를 해줄 테니 한번 해보는 게 어때?"

주호는 머릿속이 복잡해졌다. 답변을 못하고 잠시 머뭇거렸다.

"레슨비는 얼마 안 될 테니 걱정 안 해도 될 거다."

"부모님께 여쭤보고 말씀드리겠습니다."

음악실을 나서는 주호의 발걸음이 무거웠다. 레슨비가 얼마 안 된다고는 하지만 어머니께 얘기를 꺼낼 엄두가 나지 않았다. 그렇다고 선생님의 제안을 뭉갤 수도 없었다. 일단 부딪혀보자는 생각에 어머니께 얘기를 하자 어머니는 담담한 어투로 한번 배워보라고 했다.

그렇게 윤옥순 선생을 만나 발성법 등 성악의 기초부터 차근차근 배웠다. 윤 선생은 피아노학원을 하며 성악도 가르쳤다. 얼마 안 되는 레슨비도 제날짜에 못 내는 경우가 허다했지만, 선생은 개의치 않고 자상하게 이끌어주었다. 그는 성악의 세계로 한 발 두 발 들어가면서 성악의 매력을 느끼게되었다. 스스로 생각해보건대, 성악에 재능이 있는 것 같지는 않았지만, 하면 할수록 재미와 감동을 느낄 수 있었다. 정신을 집중해 노래를 부르고 나면 묘한 희열이 온몸에 전해졌고, 혼자 라디오로 가곡을 듣고 있을 때는 이유 없이 눈물이고이기도 했다. 어렴풋이나마 이 길이 나의 길인가 싶은 생각이 들기도 했다. 작은형이 구입해둔 가곡 테이프를 꾸준히들었다. 엄정행, 박수길, 백남옥, 오현명 등 당대를 풍미한 성악가들이 포항에 공연을 오면 빠짐없이 관람하며 나도 저들처럼 유명한 성악가가 될 수 있을까 하고 막연한 상상을 해보기도 했다.

집안 형편은 나아질 기미가 보이지 않았다. 태화공업사의 수입은 생기는 족족 빚쟁이들 손으로 넘어갔다. 받아야 할 빚은 받지 못하고 갚아야 할 빚은 갚는 아버지의 성정은 공업사의 재기를 어렵게 하는 큰 원인이었다. 부모님은 상의 끝에 공업사를 폐업하고, 그 부지 일부에 방앗간을 개업했다. 공업사의 장비를 매각한 돈에다 빚을 보태 분쇄기 등 방앗간에 필요한 중고 기계를 사들였다. 그나마 땅이 아버지 소유로 남아 있는 것이 천만다행이었다. 월세를 주고 방앗간을 한다는 것은 생각조차 할 수 없는 처지였다.

고2 주호는 수업을 마치면 방앗간에서 어머니 일손을 도와야 했다. 그가 쌀을 빻아서 어머니에게 넘기면 어머니가 물반죽을 해서 다시 빻았고, 이걸 보일러에 찌면 떡이 만들어졌다. 태양초를 빻아 고춧가루를 만드는 일도 그의 몫이 될 때가 많았다. 믿을 만한 참기름을 파는 곳이 없다며 깨 볶는 기계를 들여와 참기름을 만들기도 했다. 태화방앗간 분쇄기는 분주하게 돌아갔다. 새벽별을 보며 일을 시작하는 날도 있었다. 명절이 가까워오면 온 식구가 매달려 송편을 빚고 떡을 쪄냈다. 그렇다고 집안 형편이 나아지지는 않았다. 겉으로 보면 먹고살 만한 집인 듯했으나 속은 전혀 그렇지 않았다. 태화방앗간의 수입도 빚쟁이들이 거둬간 것이다. 풀방구리에 쥐 드나들 듯 방앗간을 드나드는 일수꾼도 있었다. 그렇게도 정이 드는 것인지, 방앗간 단골이 된 빚쟁이도 있었다. 태화공업사의 규모가 컸던 만큼 빚도 많아서 아버지와 어머니는 쓰러진 공업사의 빚을 갚는 것으로 여생을 보내야 했다.

온 식구가 손을 바쁘게 놀리는 동안 아버지는 낚싯대를 메고 집을 나설 때가 잦았다. 방앗간에서 남는 깻묵을 낚시 밑밥으로 쓰기도 했다. 좀처럼 잔소리를 안 하는 어머니도 일이 힘에 부칠 때는 부아를 참기 어려운지 낚싯대를 멘 아버지의 등에 대고 좀 도와주지 그러느냐며 한마디 쏘아붙이기도 했다. 아무런 대꾸 없이 사라지는 아버지의 뒷모습을 주호는 쓸쓸한 눈빛으로 바라보았다.

하루는 윤 선생이 레슨을 마치고 잠깐 얘기를 나누자고 했다. 볕 좋은 창가에 마주앉았다.

"주호가 연습을 열심히 하고 실력도 많이 늘어 선생님 기분이 좋단다."

주호는 쑥스러워 고개를 숙였다.

"이제는 선생님이 계속 가르치기가 좀 그렇네. 큰 곳에 가서 남선생님한테 배우는 게 어떨까 싶어. 아무래도 남자의 발성법은 남자가 잘 알기 마련이거든. 실력 있는 남선생님한테 배워야 하는 단계가 된 것 같아서 하는 말이다."

주호는 윤 선생이 그지없이 고마웠다. 레슨비도 제대로 못 받으면서 성심성의껏 지도를 해주었고, 자신의 미래를 위해 적절한 시점에 제안도 해주니 이런 분을 어디서 또 만날 수 있을까 싶었다. 하지만 낯선 세계로 가야 한다니 머릿속이 아득해졌다. 윤 선생은 박창근 선생님한테 얘기를 해둘 테니 좀 더 상의를 해보라고 했다.

박 선생님을 만났더니 그러잖아도 얘기를 들었다며 윤 선생 판단이 일리가 있다고 했다. 주호가 괜찮다고 하면 대구 쪽에 좋은 분을 알아보겠다고 했다. 2학년이 되면서 주호는 진로 고민을 하게 되었고 자연스럽게 성악 쪽으로 방향을 잡았다. 음악대학을 가려면 레슨을 받아야 하니 대구로 가야 했다. 그럴 수밖에 없는 것이, 포항을 통틀어 주호 또래에 성악을 배우는 학생은 주호 단 한 명뿐이었고, 체계적인 성악 교육을 받을 수 있는 여건도 안 되었다. 만약 대구로 가지 못한다면 자신의 진로도 불투명해질 수밖에 없었다. 두 분의 선생님은 그런 상황을 염두에 두고 조언을 해준 것이었다.

주호는 국민학교 5학년 때 일이 떠올랐다. 그때 대구로 갔다면 어떻게 되었을까, 만약 탁구선수가 되었다면? 부질없는 상상이었다. 분명한 것은, 대구가 인생의 이정표로 또다시 다가왔다는 것이다. 대구에 가느냐 못 가느냐에 따라 인생의 향방이 바뀌게 되었다. 그때는 못 갔지만 이번에는 가야 했다. 문제는 돈이었다. 자신의 노력으로 해결할 수 있는 일이라면 몸이 부서지더라도 온힘을 다하겠지만, 돈 문제는 자신의 능력 밖이었다. 주호는 답답함에 속이 타들어갔다.

그럴 때면 바다로 갔다. 집에서 가까운 송도해수욕장, 걸어서 15분 거리였다. 기나긴 백사장을 지나 방파제로 가서 걷고 또 걸었다. 하얀 포말을 일으키며 파도가 밀려왔다. 밤바다를 거닐 때면 저 멀리 선박들의 불빛이 별빛처럼 반짝거렸다. 방파제 끝에 서서 영일만을 향해 고함을 질렀다. '산타루치아'를 부르기도 했다.

창공에 빛난 별 물위에 어리어
바람은 고요히 불어오누나

아름다운 동산 행복의 나폴리

산천과 초목들 기다리누나

내 배는 살같이 바다를 지난다
산타루치아 산타루치아

　그렇게 열창을 하고 나면 잠시나마 속이 후련해졌다.

　새벽별을 보며 교회당에 갔다. 독실한 크리스천인 부모님 손에 이끌려 주호도 어릴 때부터 교회에 나갔다. 텅 빈 예배당에 앉아 두 손을 모으고 두 눈을 꼭 감았다.

　'주님, 재능도 없는 어린양에게 노래를 부를 수 있는 기회를 허락해주셔서 너무나 감사합니다. 제가 노래를 계속 배우기 위해서는 대구에 가야 합니다. 큰 곳에 가서 더 열심히 배워서 훌륭한 성악가가 돼 아름다운 노래를 부르며 주님을 찬양하고 싶습니다. 하지만 레슨비를 마련할 길이 없습니다. 우리 식구가 아무리 노력해도 돈을 벌 수 없습니다. 주님, 제가 믿을 분은 주님뿐입니다. 주님, 이 어린양의 꿈이 이루어질 수 있도록 인도해주십시오. 예수님의 이름으로 간절히 기도드립니다.'

　주호의 눈가에 물기가 어렸다. 눈을 뜨니 십자가가 보였다.

평소와 달리 더 선명하게 다가왔다. 마음을 가다듬고 눈물을 닦은 후 교회당을 나서는데 누군가 주호를 불렀다. 안면이 있는 대학부 여자 선배였다.

"미안하다. 기도를 간절히 하길래 나도 모르게 기도를 들었단다. 기도가 너무 간절해 주님께서 꼭 응답을 주실 거야. 나도 널 위해 기도할게. 그리고 이 사실은 부모님께 얘기를 하는 게 좋겠다. 돈 걱정은 네가 한다고 해결되는 게 아니잖니. 힘들긴 하겠지만 부모님께 말씀을 드려야 방법을 찾을 수 있을 거다."

주호는 선배의 말에 고개를 끄덕였다. 혼자 이 문제를 끌어안고 있다고 해서 해결책이 나오는 것은 아니었다. 선배에게 공손하게 인사를 하고 교회당을 나섰다.

이튿날, 수업을 마치고 곧장 방앗간으로 갔다. 어머니는 곱게 빻은 쌀을 물로 반죽하고 있었다. 유난히 힘에 겨워 보였다. 용기를 내서 오기는 했지만 차마 말이 나오지 않았다. 잠깐 드릴 말씀이 있다고 했고, 어머니는 나무의자에 앉으라고 했다. 기어나오는 목소리로 레슨 얘기를 꺼냈다. 어머니는 가타부타 말없이 방앗간 바깥을 물끄러미 바라보았다. 그러고는 "그래 한번 해봐라." 하고 한마디 툭 던졌다. 주호는 감전이라도 된 듯 깜짝 놀랐다. 이렇게 쉽게 승낙을 받을 줄은 전혀 예상을 못했던 것이다.

박 선생님을 통해 소개받은 분은 문학봉 선생이었다. 계명대 음대에 출강하는, 한강 이남에서 다섯 손가락 안에 꼽는다는 바리톤이었다. 장골에 소탈하고 잔정이 많은 분이었다. 1주일에 1회, 회당 1시간 레슨을 받기로 했다.

레슨 받으러 가는 첫날이었다. 대구행 시외버스가 포항시내를 벗어나자 형산강이 나타났다. 시월의 형산강은 영일만을 향해 유장한 곡선을 그리며 흐르고 있었다. 나는 지금 어디로 가고 있는 걸까? 어머니는 저렇게 고생하시는데 옳은 선택을 한 걸까? 잘사는 집 아이들도 하지 않는 성악을 가난한 집안의 내가 하는 것이 과연 올바른 것일까? 성악이 지금 나에게 무슨 의미가 있는 것일까? 주호는 쪽빛 강물을 바라보며 속으로 눈물을 삼켰다.

포항에서 대구 동부정류장을 거쳐 달성군에 있는 문 선생 아파트까지 가는 데 꼬박 3시간이 걸렸다. 아파트 근처에서 짜장면이나 짬뽕으로 요기를 하고 댁으로 올라갔다. 주호는 문 선생 말씀을 한 마디도 놓치지 않으려고 눈에 불을 켰다. 복식호흡을 잘하기 위해서는 복근 힘을 키워야 하고, 그러려면 윗몸일으키기를 부지런히 해야 했다. 윗몸일으키기 100개를 하라고 하면 200개를 했다. 후두를 내려야 한다는 얘기를 듣고는, 숟가락을 입에 넣어 억지로 밀었다가 기도가 막혀 곤욕을 치르기도 했다. 결국 그것도 한 달 만에 해내고 말았다. 미련한 곰처럼 문 선생 말씀에 순종했고, 목소리가 점점 좋아지고 있다는 것을 스스로도 느낄 수 있었다.

이듬해 봄, 문 선생은 계명대가 주최하는 콩쿠르에 나가보라고 권했다. 계명대 콩쿠르는 음악계에서 상당한 권위를 인정받았다. 콩쿠르에 나가야 실력을 점검할 수 있고, 대학에 가기 위해서도 입상 실적이 필요했다. 쾌활한 성격이지만 콩쿠르에 나간다고 하니 긴장이 안 될 수 없었다. 주호는 '아! 미오 코르(내 마음이여)'를 들고 나갔다. 헨델의 오페라 〈알치나〉 2막에 나오는, 성악의 기초에 해당하는 곡이다. 1등 없는 2등, 주호의 성적이었다. 주호는 깜짝 놀랐다. 처음 나간 콩쿠르에서 1등과 다름없는 상을 받으리라고는 생각도 하지 않았다. 시상식을 마친 후 심사위원인 계명대 김원경 교수가 주호를 불렀다.

"너는 아주 귀한 목소리를 갖고 있단다. 잘 다듬어서 훌륭한 성악가가 되길 바란다."

고등학교 시절 성악을 가르쳐 준 문학봉 선생.

꿈만 같은 순간이었다. 곧장 공중전화로 달려가 문 선생에게 수상 소식을 알렸다. 문 선생도 흥분된 목소리로 축하를 해주었다. 주호는 연이은 콩쿠르도 휩쓸다시피 하며 주목을 받았다. 도대체 누구한테 배웠느냐는 질문이 쏟아졌다. 심사위원들도 같은 질문을 했다. 혜성처럼 출현한 우주호가 문학봉의 제자라는 소문이 나자 문 선생한테 레슨을 받으려는 학생들이 줄을 섰다. 살림이 핀 문 선생 부부는 주호에게 살가운 친절을 베풀었다. 레슨비도 받지 않았다. 주호는 덕분에 마음 편히 성악에 집중할 수 있었다.

대동고 김현호 교장은 주호의 콩쿠르 성적을 학교의 경사로 받아들였다. 주호가 큰 상을 받아올 때면 전교생 조회 시간에 주호를 연단에 불러올렸다. 그리고는 그 상이 어떤 의미가 있는지 설명하며 주호를 학교의 자랑이라고 한껏 추켜세웠다. 심지어는 교장과 주호가 함께 노래를 부르기도 했다. 그 덩치에 씨름이 딱 어울리는데 성악이 뭐냐고 비아냥거리던 아이들도 주호를 바라보는 눈빛이 달라졌다.

주호는 콩쿠르 입상 실적 덕에 음악 특기자가 되었다. 대학 진학은 걱정거리가 아니었다. 서울에 있는 대학에 가고 싶었지만, 걸림돌은 역시 돈이었다. 고심이 깊어졌다. 집안 형편에 아무런 변화가 없는 상황에서 서울 유학은 무리였다. 문 선생은 계명대를 추천했다. 4년간 등록금의 절반을 감면받는 조건이었다. 다른 선택의 여지가 없었기에 고민은 오래가지 않았다. 1985년 3월, 대구 대명동에 있는 서양 중세풍의 계명대 캠퍼스로 발걸음을 내디뎠다.

학교 근처에 월세 15만 원짜리 자취방을 구하고 대학 생활을 시작했다. 자취방에는 쌀과 라면, 김치, 멸치, 고추장이 전부였다. 라면으로 허기를 달랠 때가 많아 여윳돈이 생기면 라면을 박스째로 사두었다. 미팅이나 소개팅은 사치였다. 아침에 눈 뜨면 카세트테이프로 가곡을 들었고, 밤늦게까지 연습실에서 노래를 불렀다. 그것이 유일한 살길이라고 여겼다. 아르바이트를 해볼까도 생각했지만, 이내 포기하고 말았다. 굶는 한이 있더라도 노래를 불러야 할 때라는 결의가 확고했다.

덩치 큰 연습벌레를 유심히 관찰하는 사람이 있었다. 석사 과정의 김승유였다. 그도 주호와 함께 늦은 시간까지 연습할 때가 많았다. 하루는 저녁식사를 같이 하면서 대뜸 서울로 가라고 했다.

"너는 가능성이 충분해. 더 늦기 전에 서울로 가."

주호는 느닷없는 제안에 어리둥절해졌다. 계명대로 오게 된 이유와 과정, 서울로 가기 힘든 형편을 솔직하게 털어놓았다.

"고생이 많았구나. 잘 알겠는데, 이왕 하는 고생 서울 가서 좀 더 해봐라. 그러면 길이 열릴 거다. 다음 학기에 또 여기 나타나면 다리몽둥이를 부러트릴 거니 그리 알고."

김 선배의 조언에 묵직한 진심이 담겨 있다는 것을 느낄 수 있었다. 고민 끝에 문 선생을 찾아가 이런 정황을 말씀드렸다. 문 선생은 고개를 끄덕이더니 연습한 노래를 테이프에 담아 오라고 했다. 테이프를 받은 서울대에서 입학이 가능한 실력이라는 회신이 왔다. 용기를 얻은 주호는 한양대도 알아 보았다. 한양대는 특기자전형이 있었다. 주호는 무난히 통과 했다. 갈림길에서 선택의 기준은 장학금이었다. 서울대는 장학금이 없었다. 한양대 조태희 교수에게 장학금을 안 주면 못 간다고 했더니 다른 대학에 가면 안 된다고 웃으면서 말 했다. 한양대는 등록금의 절반을 감해주는 조건을 제시했다. 주호가 부담해야 할 등록금은 한 학기에 29만 원이었다. 주호는 한양대 등록을 결심하게 되었다.

서울로 가는 것은 좋았지만 계명대를 떠나는 것은 마음에 걸렸다. 이럴 바에야 곧바로 서울로 가지 왜 계명대를 거쳐 가는지 모르겠다, 괜히 분위기만 흐리고. 이렇게 자신을 비 난하지 않을지 걱정이 되었다. 다행히 김 선배가 나서서 주 호가 서울로 가야 하는 이유를 잘 설명해주었고, 친구나 선 후배들도 모두 이해해주는 분위기였다. 주호는 한결 가벼운 마음으로 1986년 3월 한양대 음대생이 되었다. 그 후 우연 히 서울대 등록금이 한 학기에 31만 원이라는 사실을 알게 되었다. 한양대 등록금과 별 차이가 없었다. 국립대학 등록금이 사립대학보다 적다는 것을 몰랐던 것이다. 우연에 우연이 거듭되며 주호는 더 깊은 음악세계로 들어서게 된다.

4
운명의 힘이 향하는 곳

서울 생활은 대구 때보다 더 신산스러웠다. 낯설고, 물가도 비싸고, 잘난 학생도 많았다. 사촌누나의 소개로 중곡동의 한 교회에 딸린 작은방을 얻은 게 그나마 다행이었다. 두 사람이 누우면 꽉 찰 정도로 비좁은 마름모꼴 방에는 손수건만 한 창문 하나가 달려 있었다. 겨울에는 외풍이 심해 이불을 머리끝까지 뒤집어쓰고 잠을 자야 했다. 버스 토큰조차 없을 때는 한양대에서 성동교를 거쳐 건국대, 세종대 앞을 지나 교회까지 자박자박 걸어갔다. 꼬박 한 시간이 걸렸다.

한양대 음대에도 주호처럼 가난한 학생이 쌀에 뉘 섞이듯 있었다. 두 친구가 주호 처지와 비슷했고 말도 통해 자주 어울렸다. 세 사람은 학교 식당에서 식권 하나를 내놓고는 번갈아가며 배식 아주머니께 식판을 내밀었다. 아주머니는 슬쩍 웃으며 밥과 반찬을 푸짐하게 퍼주곤 했다.

견딜 수 있는 힘은 연습뿐이었다. 생활이 곤궁할수록 연습에 집중했다. 잡생각에 빠져들면 천 길 낭떠러지로 떨어진다는 것을 본능적으로 깨달았다. 동굴 속에 갇힌 곰이 되어 노래를 부르고 또 불렀다. 방학 때도 학교 연습실에 살다시피 하며 노래에 몰입했다.

성악은 신이 내린 목소리를 허용하지 않는다. 노력만이 성악가를 만들 수 있다. 음악적 재능은 대중 가수에게는 통할 수 있지만, 성악가에게는 통하지 않는다. 타고난 재능을 믿고 연습을 게을리하다가 중도에 사라져버린 성악가가 한둘이 아니다. 완벽한 테너라고 평가받는 엔리코 카루소에게 훌륭한 성악가가 되려면 어떻게 해야 하느냐고 묻자, 첫째도 연습, 둘째도 연습, 셋째도 연습이라고 대답한 일화가 있다. 주호는 카루소의 말을 가슴에 새겼다.

음악계의 거목 박수길 교수를 스승으로 모셨다. 박 교수는 음악에 앞서 사람 됨됨이를 강조했다. 좋은 인격에서 좋은 소리가 나온다는 것이 박 교수의 지론이었다. 그러다 보니 학생들에게는 엄한 편이었다. 무대에서 동료들에게 미안하다는 말을 세 번 하게 되면 성악을 포기해야 한다며 완벽주의를 요구했다. 연습 과정에서부터 칼날 위를 걸어가는 고도의 긴장을 해야 한다는 것이었다. 주호에게는 한국 가곡을 잘 부르는 정서를 타고났다며 남다른 정을 보였다. 그는 함경도 함흥에 모친을 두고 온 실향민이어서 주호가 '사모곡'을 부를 때는 눈시울을 적시기도 했다. 왜 쌍시옷 발음이 안 되냐며 포항 사투리를 고쳐야 노래를 더 잘 부를 수 있다고 농반진반 타박하기도 했다. 포항사람들은 천성적으로 '쌀' 같은 쌍시옷 발음이 안 된다. 주호도 예외가 아니었던 것이다.

2학년 가을 무렵, 박 교수가 연구실로 잠깐 오라고 했다. 왠지 스승의 얼굴이 어두웠다.

"음정이 평소보다 많이 떨어져. 잠깐 그러는가 싶었는데, 계속 그러네."

주호는 얼굴이 달아올랐다. 자신도 느끼긴 했지만 박 교수가 심각한 표정으로 지적할 정도일 줄은 몰랐다.

"자네한테 기대를 많이 걸었는데……. 잠시 쉬는 것도 방법이네. 진지하게 생각해보게."

한양대 은사인 박수길 교수(왼쪽)와 함께.

연구실을 나서는데 앞이 막막했다. 박 교수는 휴학을 한 후 흐트러진 음정을 되찾아보라고 권했지만 그렇게까지 하기는 부담스러웠다. 일단 고향으로 가서 휴식을 취하며 호흡을 가다듬어보기로 했다. 음정의 불안정은 성악가에게 한 번은 찾아오는 슬럼프다. 이 늪을 빠져나가지 못하면 성악가의 운명도 위태로워질 수 있다. 공부의 실타래가 어디서 꼬였는지, 고향집에서 곰곰이 되새겨보았다. 노래는 부르지도 듣지도 않았다. 오랜만에 부모님과 여유로운 시간을 보냈다. 혼자서 송도해수욕장 방파제를 거닐며 창공을 나는 갈매기를 하염없이 바라보곤 했다. 밤바다에서 노래를 부르던 추억도 더듬어보았다.

팽팽한 긴장 속에서 빠져나와 한가로운 시간을 보내고 있던 어느 날이었다. 깊은 밤 집에서 창밖을 내다보는데 벽오동 나뭇가지가 바람에 흔들리는 모습이 보였다. 순간, 강한 전류가 척추를 타고 흐르는 느낌이었다. 그래, 너무 힘이 들어갔구나. 강하게만 밀고 나가면 음정의 조화를 잃어버릴 수밖에 없지. 열심히 해야 살아남는다, 노래로 성공해야 한다는 강박관념에 집착해 부드러움을 잃어버렸구나. 바람에 흔들리는 나뭇가지처럼 유연한 흔들림, 그렇게 강함과 부드러움을 조절하는 이치를 깨달았다. 슬럼프에서 벗어날 수 있는 실마리를 잡은 것이었다. 곧장 학교로 돌아갔다. 몸에 힘을 빼고 부드럽게 소리를 내는 발성 연습을 거듭했다. 더 자연스럽고 더 깊은 소리를 얻을 수 있는 비결과 같았다.

주호는 3학년 때인 1988년 시월, 처음으로 오페라 무대에 섰다. 오현명이 연출하고 홍연택이 오케스트라를 지휘한 모차르트의 '마술피리'에 주연인 파파게노 역을 맡았다. 오현명, 홍연택은 당대 대가급이어서 주호로서는 영광된 무대이자 떨리는 무대였다. 특히 홍연택은 '홍핏대'라는 별명이 말해주듯 엄하다 못해 무섭기로 소문이 자자했다. 제대로 작품 준비를 안 했다가 '홍핏대'에게 걸리는 날에는 정신을 못 차릴 정도로 혼쭐이 났다. 주호도 더러 야단을 맞기는 했지만 다른 사람들에 비해서는 강도가 약한 편이었다. 홍연태는 주호에게 오페라 가수를 하기에 좋은 조건을 타고났다며 눈여겨볼 테니 열심히 하라고 격려를 해주었다. 국립극장에서 열린 오페라 데뷔 무대는 주호에게 장래성을 인정받는 계기가 되었다.

과체중으로 군 면제를 받은 주호는 대학 졸업을 앞두고 서울시립합창단에 지원했다. 성악과 졸업생 1,2등이 지원하는 국내 최고 수준의 합창단에 주호는 무난히 합격했다. 합창단 급여가 괜찮았다. 음악회 참가비도 받고, 레슨도 할 수 있었다. 음대를 갓 졸업한 사람치고는 수입이 좋은 축에 속했다. 중학교 입학 이후 처음으로 돈 걱정을 하지 않아도 되는 호시절이었다. 누구보다 부모님이 좋아했다. 이제 집안의 실질적인 가장이 된 셈이었다.

그 무렵 주세페 줄리아노를 만난 것은 뜻밖의 행운이었다.

유럽에서 손에 꼽히는 연출가인 그는 서울시립오페라단의 초청을 받아 서울에 와 있었다. 키가 작고 눈이 동그랗고 다정다감하기 그지없는 60대 후반의 이탈리아인이었다. 주호를 지켜본 그가 현실에 안주하지 않고 계속 노력하면 대성할 수 있을 거라고 격려를 해주었다.

1991년 가을, 주호는 서울시립오페라단이 기획한 주세페 베르디의 오페라 〈운명의 힘〉에 마르케제 역을 맡아 호평을 받았다. 이어 〈라 트라비아타〉에 서울대 교수인 바리톤 김성길 등 최고 수준의 성악가와 함께 캐스팅되며 오페라계의 주목을 받았다. 비유학파 중에 주호처럼 비중 있는 역을 맡는 경우는 거의 없어 선망의 대상이 되었다. 세종문화회관 연습실에서 〈라 트라비아타〉 공연 준비를 하고 있을 때, 김성길 교수가 차나 한 잔 하자고 했다.

"소리는 참 좋은데, 여기 머물러 있으면 더 이상 성장할 수 없어. 돈맛을 알고, 어쩌다 결혼까지 하고 나면 성악은 끝이야. 더 늦기 전에 유학을 생각해봐."

조언이 고맙기는 했지만 긴장감이 온몸에 느껴졌다. 지긋지긋한 돈 걱정의 터널에서 이제 막 빠져나왔는데, 또 낯선 곳으로 도전하라니. 그렇다고 귓등으로 흘릴 얘기는 아니었다. 고민 끝에 주변의 의견을 좀 더 들어보기로 했다. 주세페 줄리아노를 찾아갔다. 그는 김성길 교수보다 더 적극적이었다. 음악성이 좋은 데다 큰 덩치에 성격도 쾌활해서 유럽 무대에서 얼마든지 통할 수 있다며, 원한다면 좋은 선생을 추천해주겠다고 했다.

운명의 나침반은 외국으로 향하는 듯했다. 통장 잔고를 확인해보니 800만 원가량 있었다. 어느 쪽으로 가든 6개월은 버틸 수 있을 밑천이었다. 결정을 해야 하는데 고향의 부모님이 눈에 밟혔다. 실망이 클 텐데 어쩌나 싶었다. 포항에서 대구를 거쳐 서울까지 왔지만 운명의 힘은 여기서 멈추지 않았다. 더 먼 곳으로 자신을 밀고 있었다. 유학은 미국, 독일, 프랑스, 이탈리아로 가는 게 관행이었다. 궁리 끝에 이탈리아를 선택했다. 자신의 스타일이 오페라의 본고장 이탈리아에 어울리는 데다 무엇보다 오페라 가수로 성공하고 싶었다.

서울시립합창단 실장실 방을 노크했다. 실장이 반갑게 맞아주었다. 주호는 뜻한 바를 털어놓았다.

"역시 우주호다운 선택을 했네. 내 옆에 두고 싶은 마음이 왜 없겠어. 그래도 미래를 생각하면 더 큰 무대로 가야지."

실장은 사람 좋은 웃음을 지으며 말했다. 곧이어 박수길 교수를 찾아갔더니 환대를 해주었다.

"내가 말을 안 해서 그렇지, 자네가 합창단에 오래 있으면 안 되는데 하고 조마조마했어. 자네는 유럽으로 가야 해. 현명한 선택을 한 거야."

주변 사람들 모두가 주호의 이탈리아행을 기다렸다는 듯이 축하와 격려를 아끼지 않았다. 이탈리아로 돌아간 주세페 줄리아노에게 전화를 걸어 사정 얘기를 하고, 지도 선생 추천을 부탁했다. 그리고 일사천리로 유학 준비를 해나갔다.

1992년 2월 19일, 김포공항 출국장에 도착한 주호의 소지품은 큰 캐리어 하나였다. 누가 보아도 유학생 행색은 아니었다. 로마행 편도와 왕복 티켓은 가격 차이가 얼마 나지 않았지만 편도 티켓을 끊었다. 뜻을 이루기 전에 돌아오지 않겠다는 결연한 각오였다. 일단 현지에 가서 부딪혀보기로 했다. 이탈리아어도 모르고, 돈도 별로 없고, 숙소도 정해놓지 않았지만, 그동안 그래왔듯이 온몸을 던지면 길이 열릴 것이라 믿었다.

로마행 비행기 안에서 커피를 마시려고 뒤편으로 갔다가 뜻밖에 대학 선배이자 서울시립합창단 선배이기도 한 테너 고성진을 만났다. 로마에 유학 중인 그는 휴가차 한국에 들렸다가 로마로 가는 길이었다. 이런저런 얘기를 나누다가 집 얘기가 나왔다.

"집은 어디에 구했지? 공항에 내 차가 있으니까 데려다줄게."

"아직 못 구했습니다."

"무슨 얘기야? 집도 없이 유학을 간다고? 당장에 잠은 어디서 자려고?"

"로마 도착하면 어떻게 수가 생기겠지요? 정 안 되면 침낭도 있으니까."

"큰일 낼 친구네. 로마가 어떤 곳인지 알고."

"집 구하기가 어려운가요?"

"집만 구하면 유학 생활의 반은 성공한 거야. 2년이 지나도 집을 못 구해 쩔쩔매는 애들도 있어."

고 선배가 혀를 끌끌 찼다. 주호는 로마에 도착하면 한인 교회나 상점을 찾아가 집을 알아보고, 생각대로 안 되면 교회에 가서 한 며칠 침낭 생활을 할 요량이었다.

레오나르도다빈치 국제공항에 도착하자 고 선배는 자신의 집으로 가자고 했다. 신세를 지고 싶지 않았지만 집을 구할 때까지라도 있으라고 강권했다. 더 버티는 것은 예의가 아닌 것 같아 못 이기는 척 고 선배의 집으로 향했다. 로마 근교 카시아에 있는 고 선배의 집에 여장을 푼 주호는 얼마 지나지 않아 선배의 말이 허언이 아님을 알게 되었다. 두루 수소문을 해봤지만 집이 나왔다는 소식은 들리지 않았다. 하릴없이 선배의 집에 죽치며 기대하지 않았던 안락한 생활을 누렸다. 형수가 수시로 끓여준 갈비탕과 곰탕은 별미였다. 한 달 정도 지나자 기다리던 소식이 왔다. 영화 〈마지막 황제〉 촬영지인 치네치타 두에 근처의 작은 집. 서울에서 웬 괴짜가 침낭 하나 달랑 들고 왔다는 약간의 과장 섞인 소문 덕에 그나마 예상보다 빨리 도착한 소식이었다. 고 선배 부부는 선배 집에서 함께 살아보는 건 어떠냐고 제안했지만 정중히 사양했다.

"많은 유학생을 봤지만 너 같은 애는 처음 본다. 하긴 이런 정신으로 하면 뭐가 돼도 되겠다."

고 선배는 승용차로 주호를 태워주며 꼭 성공하길 바란다고 했다. 선배는 그 후로도 김치를 담그면 갖다주기도 하고 세심한 배려를 아끼지 않았다.

월세 50만 리라, 한화 약 30만 원을 주고 구한 집은 말이 집이지 방 하나에 부엌 딸린 거실이 전부였고, 습기가 가득

차 있어 몸이 거부반응을 일으켰다. 하지만 당장에 그 돈으로 구할 수 있는 다른 집은 없었다. 어쨌든 몸을 누일 수 있는 거처를 구하니 마음의 안정을 찾아 공부에도 힘을 낼 수 있었다. 본격적인 유학 생활이 시작된 것이다.

이탈리아에서도 가난은 그림자처럼 따라다녔다. 한국에서라면을 물리도록 먹었다면, 이탈리아에서는 스파게티를 지겹도록 먹었다. 그 덕에 스파게티 요리에 관해서는 일가견이 생겼다. 주호는 참치 스파게티를 좋아했다. 참치를 좋아하기도 하지만 이탈리아에서는 참치캔이 생수보다 저렴하기 때문이다. 올리브기름에 마늘과 참치, 양파를 약간의 시차를 두고 달달 볶은 후 바질리코를 뿌리면 소스가 만들어지고, 그걸 삶은 면 위에 얹으면 참치 스파게티가 완성된다. 아무리 맛있는 음식도 자주 먹다 보면 질리기 마련인데 매일 먹는 참치 스파게티야 오죽하랴. 하지만 가난한 유학생은 값싸고 요리하기 쉽고 영양가 높은 음식을 주식으로 삼을 수밖에 없었다.

로마 오페라하우스에 좋은 공연이 있으면 가장 싼 티켓을 구해 맨 뒷좌석에서 관람을 하고, 박수부대에 동원돼 공짜로 공연을 보기도 했다. 연락이 닿은 주세페 줄리아노는 자신의 애장품인 30년 된 흑백텔레비전을 선물로 주었다. 좋은 성악가가 되려면 무엇보다 이탈리아어를 잘해야 한다며 텔레비전을 보며 웃고 우는 날이 어서 오기를 바란다고 했다. 주호는 틈나는 대로 텔레비전을 보며 이탈리아어와 친해지려 애썼다.

주세페 줄리아노의 주선으로 발터 카탈디 타소니를 만났다. 칠순을 넘긴 그는 성악가, 피아니스트, 지휘자, 연출가를 두루 겸한 이탈리아 오페라계의 명장이었다. 김영미, 박세원, 박성원, 김태현 등 국내 정상급 성악가들이 그의 문하에 있었다. 레슨은 로마시내에 있는 그의 아파트에서 받았다. 80년쯤 묵은 엘리베이터를 타고 3층에서 내려 문을 열면 몸집 좋고 후덕한 인상의 그가 반갑게 맞아주었다. 대여섯 평 남짓한 레슨방에는 100년은 되었을 피아노와 악보가 놓여 있어 명문 음악가 집안의 고색창연한 기품을 느낄 수 있었다. 성악은 가사가 기본인 예술이니 가사의 뜻을 모르면 노래를 하지 말라는 게 그의 교육철학이었다. 그는 실제로 많은 대화를 통해 가사의 뜻을 이해할 수 있도록 배려했다. 1시간 레슨을 하면 30분 대화, 20분 발성, 10분 휴식을 했다. 이탈리아 노래는 수백 년 된 게 많아 고어가 섞여 있을 수밖에 없고, 외국인은 사전을 찾아봐도 의미를 정확하게 이해하기 어려웠다. 주호는 스스로 그 의미를 이해할 수 있을 때까지 묻고 또 물었다. 카탈디는 자상하게 설명을 해주었다. 그렇게 의미를 이해하고 노래를 부르면 신기하게도 발성이 좋아지면서 불안하던 음정도 안정감을 찾았다. 카탈디는 주호의 그런 적극성을 기특하게 여겼다. 주호가 힘들어하는 게 느껴지면 두 손을 꼭 잡아주며 "걱정하지 마. 조금 있으면 네 세상이 올 거야."라고 말해주었다.

이탈리아 유학 시절 은사인 발터 카탈디 타소니.

1주일 1회 레슨에 5만 리라, 한화 3만 원가량이었다. 그나마 돈이 떨어지면 공짜로 받기도 했다. 이탈리아는 은퇴자들이 레슨을 하고 레슨비가 아주 저렴하다. 현역이 레슨을 하고 레슨비가 고가인 한국과는 풍토가 달랐다. 주호는 카탈디를 만나면서 새로운 도전을 시도했다. 베이스에서 바리톤으로 전환한 것이다. 베이스는 러시아풍의 저음 위주로 불러야 하는 반면, 바리톤은 화려한 고음이 있어야 한다. 베이스는 오페라 무대에서 조연급이고 바리톤은 주연급이 많다. 카탈디는 주호가 어느 길로 가든 도와주겠다고 했다. 베이스에 비해 바리톤은 어려운 길이지만, 대성할 수 있을 것이라 예견했다. 그의 말처럼 바리톤으로 가는 길은 힘들고 불안하고 위태로웠다. 그때마다 카탈디는 잘될 거니 서두르지 말라며 용기를 주었다.

카탈디 집 근처에 빌라 보르게세 공원이 있다. 주호는 이따금 이 공원을 찾아가 카푸치노를 마시며 생각에 잠기기도 하고 산책을 하기도 했다. 수백 년 세월이 쌓인 고풍스러운 공원에서 아름다운 조각품과 선선한 바람, 향긋한 풀냄새에 마음을 맡기노라면 유학 생활의 고단함도 엔간히 달랠 수 있었다.

1992년 11월, 주호는 로마에 있는 산타체칠리아 국립음악원에 입학했다. 1585년 개교한 산타체칠리아 국립음악원은 세계에서 역사가 가장 오래된 음악원으로, 서양 음악사에서 2대 성인으로 추앙받는 산타체칠리아를 기리기 위해 교황 식스투스 5세가 설립했다. 이 음악원을 1년 6개월 다닌 그는 나폴리 인근의 로렌조 페로시 국립음악원으로 옮겼다. 로렌조 페로시 음악원이 이론 부담이 적고 스타일에 더 맞았기 때문이다. 1996년 7월 졸업장을 받았다. 이후 이탈리아 중부 시에나의 키지아나 시립음악원에 치열한 경쟁을 뚫고 장학생으로 들어가 세계적인 테너 카를로 베르곤치의 지도를 받았다. 키지아나 음악원은 전 세계 음악도들의 선망의 대상으로, 마에스트로 정명훈도 이 과정을 마쳤다. 칠순이 넘은 나이에도 음악에 대한 열정이 뜨거웠던 베르곤치는 주호를 눈여겨보았다.

"노래를 잘하는 바리톤은 많지만 바리톤 같은 바리톤은 없어. 진짜 바리톤이 나타났어. 바리톤 소리는 이렇게 나와야 해."

베르곤치는 학생들 앞에서 큰소리로 주호를 칭찬했다. 그의 호평은 주호가 바리톤으로 자신감을 갖는 데 큰 힘이 되었다.

험난한 여정을 함께한 길동무가 있었다. 길동무라기보다는 가난한 유학생을 위해 자신을 진창에 던진 사람이라고 하는 게 적절한 표현일 수 있겠다. 키가 크고, 이목구비가 뚜렷하고, 이탈리아어가 유창한 여자, 이윤이였다. 주호가 유학 생활을 시작한 지 6개월 정도 되었을 때, 윤이는 4년차였고, 산타체칠리아 국립음악원에 다니고 있었다. 로마 유학생 사회가 좁아서 서로를 빤하게 알 수 있었다. 윤이의 첫인상에 호감을 느낀 주호는 이런저런 도움을 요청하며 가까이 다가갔다.

윤이는 콜리 알바니역에서 5분 거리에 있는 아파트에 친구와 함께 살고 있었다. 윤이의 아파트에서 열린 작은 파티에 주호도 초대를 받았다. 마침 고성진 선배가 주고 간 김치가 있었다. 주호는 유학생들이 모이는 파티에 김치가 빠지면 안 된다는 생각에 김치를 들고 갔다. 20평 남짓한 아파트는 유럽풍의 아기자기한 소품으로 꾸며져 있었다. 윤이 방에 윤이 그림이 걸려 있었다. 누가 그린 거냐고 물었더니 자화상이라 했다. 그림에도 꽤 소질이 있다는 것을 한눈에 알 수 있었다. 즐거운 시간을 보내고 귀가한 주호는 윤이 집에 김치통을 두고 온 것을 알게 되었다. 우스갯소리 같지만, 김치통은 주호의 자산 목록 1호에 해당했다. 그 귀중품을 찾으러 윤이 집에 다시 갔다가 밤늦은 시간까지 속 깊은 대화를 나누었다.

교제는 그렇게 시작되었다. 주호는 불안할 정도로 행복한 시간을 보냈다. 아침에 눈을 뜨면, 이렇게 행복한 시간을 보내도 되나, 하며 두 눈을 찔끔 감았다. 하지만 그것도 길지는 않았다. 고비가 찾아왔다. 이번에도 돈이 문제였다. 아무리 아껴 쓰려 해도 바닥이 보였다. 고향집에서 얼마간 보내주긴 했지만 턱없이 부족했다. 어머니는 방앗간이 너무 힘들어 폐업한 대신 아버지가 유학비에 보태려 중소기업의 관리소장으로 들어가 있었다. 공업사를 운영하며 인심을 잃지 않았기에 가능한 일이었다. 윤이는 주호가 주머니 사정이 넉넉지 않은 유학생인 줄 알았지 깊은 내막은 몰랐다. 주호도 자존심 때문에 돈 문제는 소상히 얘기하지 않았다. 레슨을 받기도 힘든 처지에 몰리자 고백을 하지 않을 수 없었다.

"유학비는 내가 댈 테니 주호 씨는 공부에 전념하세요."

부모님으로부터 비교적 넉넉한 유학비를 받고 있던 윤이는 음악을 접고 주호를 위해 유학비를 쓰겠다고 했다. 손금 보듯 빤한 로마 유학생 사회에서 이런 행동은 한 남자를 위

윤이(가운데)가 생활고 해결을 위해 모신 이탈리아 할머니와 함께.

해 모든 것을 바치겠다는 각오가 아니고서는 불가능했다. 서울예고를 졸업하고 곧바로 이탈리아로 유학을 와 평탄하게 공부를 해온 윤이는 가난하지만 치열하게 살아가는 한 남자를 모성적 본능으로 감싸주려 했다.

주호는 음악을 접겠다고 하는 윤이를 내버려둘 수 없었다. 함께 공부하자고 했다. 레슨을 받을 때도, 공연을 볼 때도 손을 잡고 함께 갔다. 그렇게 시간을 보내면서 윤이는 강한 자극을 받았고 주호는 미친 듯이 공부에 몰입했다. 주호는 더 높고 깊은 소리를, 윤이는 더 우아한 소리를 얻을 수 있었다.

1997년 12월 한국의 외환위기 사태는 로마 유학생 사회도 강타했다. 유학생들의 얼굴은 죄다 흙빛이었다. 견디다 못한 유학생의 절반가량이 고국으로 돌아갔다. 주호는 중1 때 겪은 2차 오일쇼크를 떠올렸다. 그것이 아버지의 삶을 무너뜨렸던 것처럼 외환위기는 이역만리에서 겨우 만들어놓은 아들의 삶마저 허물어뜨릴 태세였다. 그는 극심한 공포감을 느끼지 않을 수 없었다. 윤이의 집에서 보내오는 유학비도 반토막이 되었다. 유학생들의 상당수는 집을 합쳐서 생활비를 줄였다. 주호와 윤이도 그 방법을 택할 수밖에 없었다. 두 사람의 교제는 양가 부모님도 알고 있던 터였다. 주호는 윤이의 어머니에게 전화를 했다. 유학을 계속하기 위해서는 한집 살림을 할 수밖에 없는 불가피한 상황이라고. 어머니는 반대했다. 세상 어떤 어머니도 받아들일 수 없는 의견이었다. 아랑곳하지 않고 윤이의 집으로 세간을 옮겼다. 생존을 위해서는 달리 방법이 없었다. 전화를 드린 것은 사실상 통보였다.

윤이는 이탈리아 할머니의 집으로 들어가 실버케어를 시작했다. 부족한 생활비를 마련하기 위한 궁여지책이었다. 할머니의 용변도 치워야 하는 험한 일이었다. 살림이 넉넉한 집에서 곱게 자란 윤이로서는 처음 겪는 일이었다. 주호에게는 힘들다는 내색 한 번 하지 않았다. 할머니 집에서 잠을 자야 할 때도 있었다. 그럴 때는 주호도 윤이의 옆을 지켰다. 노인의 방은 따뜻했으나 윤이가 잠자는 거실에는 한기가 돌았다. 외풍이 심해 코가 시리기도 했다.

"나는 괜찮아요. 어서 콩쿠르에서 상을 받도록 하세요. 그러면 좀 나아지겠지요."

주호는 어떤 말도 할 수 없었다. 다만 눈시울이 붉어질 뿐이었다.

첫새벽에 한인교회로 갔다. 신에게 물어보고 싶은 것이 있었고, 간절히 부탁하고 싶은 것도 있었다. 십자가를 잠시 바라본 후, 두 손을 모으고 두 눈을 감았다.

'주님, 이 시련의 의미는 무엇인지요? 윤이에게도 시련을 겪게 하는 이유는 무엇인지요?'

더는 말이 나오지 않았다.

'이 시련을 헤쳐 나갈 지혜와 용기를 허락해 주소서.'

두 눈을 뜨자 고향에 있는 교회 십자가가 보였다. 고2 때, 주호를 위해 기도하겠다고 했던 여선배의 얼굴도 떠올랐다. 교회를 나서는데 발걸음에 묵직한 무게가 느껴졌다.

얼마 지나지 않아 로마 근교 라티나에서 라오리 볼피 국제 콩쿠르가 열렸다. 120여 명이 참가해 기량을 겨루었다. 오페라 〈안드레아 셰니아〉 중 '조국의 적' 아리아를 부른 주호는 3등을 차지했다. 조금 아쉽기는 했지만 이탈리아에서 처음 참가한 콩쿠르치고는 나쁘지 않은 성적이라 느긋한 심정으로 시상식이 열리기를 기다렸다. 하지만 시간이 꽤 지났는데도 시상식이 열린다는 안내방송이 없었다. 장내가 어수선해졌다. 사회자가 당황한 표정으로 나타나 죄송하다는 말을 몇 번 되풀이하고 시상식을 진행했다. 1등, 2등 입상자를 발표하더니 3등 입상자를 호명하고는 장학금 100만 리라가 지급된다는 뜻밖의 발표를 덧붙였다.

"여러분, 오늘 콩쿠르가 시작되기 전에 말씀드린 것처럼 세계적인 바리톤 파올로 실베리 선생이 여기에 계십니다. 파올로 실베리 선생이 3등 입상자에게 상금과는 별도로 장학금 100만 리라, 그리고 본인이 원한다면 3년간 무료 레슨을 해주겠다고 하셨습니다."

장내에 환호성과 함께 박수가 터져 나왔다. 주호는 영문을 몰라 어리둥절해졌다. 일면식도 없는 사람이 왜 파격적인 선물을 주는지 이해할 수 없었다. 관객들 사이에서 일어나 정중하게 인사하는 파올로 실베리는 훤칠한 키에 영화배우처럼 멋있는 노신사였다. 그는 베이스와 바리톤, 테너를 두루 거친 테크닉의 달인으로, 성악을 좋아하는 이탈리아인이라면 모르는 사람이 없을 정도로 유명했다. 주호는 나중에 주최 측 대표의 귀띔을 통해 소동의 전말을 알게 되었다. 콩쿠르를 유심히 지켜본 파올로 실베리가 입상자 발표가 난 후 득달같이 심사위원들을 찾아가 쓴소리를 퍼부은 것이다. "당신들 심사 똑바로 해. 저 한국인 바리톤이 3등이라는 게 말이 돼?" 세계적인 성악가가 목소리를 높이자 심사위원들은 얼굴을 들지 못했다. 난감해진 콩쿠르 주최 측은 이미 발표한 것을 번복할 수 없으니 양해를 해달라고 신신당부했다. 파올로 실베리는 그렇다면 자신이 3등 입상자에게 장학금과 함께 무료 레슨을 부상으로 줄 테니 관객들 앞에서 그 사실을 발표하라고 요구했다. 주최 측은 파올로 실베리의 제안을 거부할 이유가 없었다. 그런 소동 때문에 시상식이 제때 열리지 못한 것이었다.

시상식이 끝난 후 주호는 파올로 실베리에게 정중하게 인사를 했다. 그는 자신의 전화번호를 건네주며 편한 시간에 한번 만나자고 했다. 1주일 후 전화를 하고 로마 한복판 자니

세계적인 바리톤 파올로 실베리로부터 레슨을 받고 있는 주호.

콜로 언덕에 있는 그의 집을 찾아갔다. 로마 시내가 한눈에 들어오는 곳에 자리 잡은 그림 같은 저택이었다.

파올로 실베리는 주호의 잠재력을 높이 평가하면서도 목소리를 강하게만 내려는 습관은 고쳐야 한다고 지적했다. 즉 고음도 부드럽게 내야 한다는 것이었다. 그리고 소리는 인격이라며 집요할 정도로 품위 있는 소리를 강조했다. 부드러운 고음과 품위 있는 소리는 대학시절부터 유념했던 공부의 기초였지만 그것을 체화하는 것은 쉽지 않았다. 주호는 부드럽고 품위 있는 소리를 내려 했지만 대가의 귀에는 그렇게 들리지 않았던 것이다. 파올로 실베리와의 만남을 통해 성악의 가장 중요한 기초를 다시금 확인한 주호는 그 가르침을 가슴에 새기고 이탈리아의 국민 오페라인 베르디의 〈라 트라비아타〉를 집중적으로 배웠다. 크나큰 행운이었다.

위태로운 유학 생활이 지속되는 중에 윤이의 부모님이 이탈리아를 방문한다고 했다. 윤이가 받아들이진 않았지만, 미국으로 건너가면 어떻겠느냐고 물어보기도 했으니, 딸의 로마 유학 생활이 미덥지 않아 현지 확인을 오는 것이었다. 주호와 윤이는 긴장하지 않을 수 없었다. 부모님의 신뢰를 얻지 못하면 두 사람 사이에 문제가 일어날 수 있기 때문이었다. 주호가 깜짝 제안을 했다. 부모님 방문에 맞춰 윤이의 독창회를 하면 어떻겠냐고. 윤이의 음악 공부에 고비가 있었지만, 주호와 함께하며 소리에 자신감을 갖고 있던 터였다. 독창회를 성공적으로 치르면 부모님도 마음을 놓고 두 사람의 교제를 계속 인정해줄 것 같았다.

로마시내 노벤타나대로변에 있는 메리워드수녀원 강당을 빌리기로 했다. 마침 부모님은 신심 깊은 가톨릭 신자였다. 두 사람은 초대장을 만들어 유학생과 로마 주민들에게 돌리

로마 메리워드수녀원에서 열린 윤이 독창회를 마치고 윤이 부모님과 함께.

고 음식도 장만했다. 로마에 도착한 어머니는 주호의 손을 잡았지만, 아버지는 눈길도 주지 않았다. 6·25전쟁에 참전해 한쪽 다리에 부상을 당한 아버지는 첫눈에도 강단이 느껴졌다.

수녀원 강당은 관객들로 북적거렸다. 부모님은 상기된 표정이었다. 이국의 유서 깊은 수녀원 강당에서 열리는 딸의 독창회가 어떻게 될지 기대와 걱정이 엇갈리는 얼굴이었다. 주호는 애써 태연한 척했지만 긴장감에 입안이 바싹 말랐다.

무대에 선 윤이의 얼굴에는 자신감이 배어 있었다. '레 비올렛' 등 이탈리아 가곡과 '동심초' 등 한국 가곡 한 곡 한 곡이 끝날 때마다 박수갈채가 쏟아졌다. 90분 남짓한 독창회가 끝나고 윤이의 아버지가 주호에게 다가와 악수를 청했다.

"고맙네."

독창회를 구상대로 치르며 큰 고비를 넘긴 연인은 한결 안정된 생활을 영위할 수 있었다.

주호는 라오리 볼피 국제콩쿠르 입상 이후 콩쿠르에 꾸준히 나가며 실력을 점검했다. 저명한 피아니스트인 롤란도 니콜로지의 추천으로 프란체스코 칠레아 국제콩쿠르에 나갔는데, 콩쿠르 수준이 높아 입선 정도 기대를 했지만 1위를 차지해 스스로도 깜짝 놀랐다. 타란토 국제성악콩쿠르, 아부르초 국제성악콩쿠르에서도 잇달아 1위에 오르며 화제의 인물이 되었다. 파올로 실베리는 내친김에 로마 국제오페라콩쿠르에 나가볼 것을 권했다. 이 콩쿠르는 〈라 트라비아타〉〈팔리아치〉 등 5개 오페라 작품별로 수상자를 선정하는데, 1위를 하면 로마국립극장을 통해 데뷔할 수 있는 부상이 주어졌다. 신예들에게는 선망의 대상이 될 수밖에 없는 콩쿠르였다. 주호는 〈라 트라비아타〉의 바리톤 부문에서 1위를 차지

하며 파올로 실베리의 기대에 부응했다.

　여기서 또 한 번 예기치 않은 일이 벌어졌다. 〈라 트라비아
타〉를 제외한 4개 작품에서 1위 수상자를 내지 못한 것이다.
모차르트 음악 이론의 권위자이자 깐깐하기로 소문 난 세르
지오 세갈리니가 심사위원장을 맡으면서 일어난 일이었다.
시상식이 끝난 후 주최 측 관계자가 주호에게 찾아와 〈팔리
아치〉의 토니오 역을 소화해낼 수 있겠느냐고 물었다. 그는
못할 게 없다고 했다. 콩쿠르 요강에는 1인 1작품에 한해 로
마국립극장 데뷔 기회가 부여된다고 명시돼 있었으니 어떻
게든 작품을 무대에 올려야 하는 주최 측에서 응급으로 고안
한 편법이었지만, 주호의 실력을 인정한 세갈리니가 동의를
했기에 이뤄진 것이었다.

　세갈리니의 힘은 한국인 우주호의 삶에 새 지평을 열어주
었다. 그는 로마국립극장에서 〈라 트라비아타〉의 조르조 제
르몽 역, 〈팔리아치〉의 토니오 역으로 데뷔하며 일약 이탈리
아 오페라계의 샛별로 떠올랐다. 곧이어 이탈리아 국영방송
RAI, 텔레4의 초청 공연에 나가 이탈리아 전역에 알려지는
유명세를 타게 되었다. 풍부한 성량, 부드러운 감수성, 강렬
한 카리스마, 흡인력 있는 연기라는 호평이 이어졌다. 바야

흐로 우주호의 음악 인생은 순풍에 돛단 듯이 나아가는 기세였다.

5

목소리는 나의 것이기도 하지만

1998년 봄, 한국에서 초청장이 날아왔다. 박수길 교수가 단장을 맡고 있는 국립오페라단에서 〈오셀로〉 이아고 역을 맡아달라는 요청이었다. 외환위기가 급습하면서 관객이 급감한 한국 오페라계는 위기타개책으로 〈오셀로〉 〈카르멘〉 〈리골레토〉 〈라보엠〉 4편을 11월 한 달간 무대에 올리는 대형 기획을 했다. 한국에서는 유례가 없는 일로, 오페라계의 위기의식이 그만큼 심각하다는 방증이었다. 베르디의 대표작 〈오셀로〉는 이탈리아 낭만주의 오페라의 최고 걸작으로, 오페라 가수라면 누구나 출연을 탐내는 작품이다. 주호는 시칠리아 카타냐극장에서 〈오셀로〉 출연 준비를 하다가 기획사의 문제로 무대에 오르지 못한 아쉬움이 있었다. 낯설지는 않지만 워낙에 대작인 데다 한국 무대의 공식적인 데뷔작인 만큼 많은 준비가 필요했다. 카탈디가 〈오셀로〉의 권위자이고, 부오나 볼론타는 이 작품을 깊이 있게 해석하는 음악인으로 정평이 나 있었다. 두 선생을 찾아가 집중적인 레슨을 받았다.

배역의 의미를 정확하게 이해해야 좋은 소리가 나올 수 있다. 이아고는 누구인지 깊이 파고들었다. 이아고는 악마적 속성을 타고난 강렬하고 드라마틱한 인물이기에 큰 소리가 나와야 했다. 하지만 그것만으로는 부족했다. 저 심연에서 울려 나오는 장엄한 소리가 필요했다. 그러려면 소리에 힘을 빼야 했다. 힘을 뺀 깊고도 높은 소리. 형용모순 같지만 그런 소리가 나와야 했다. 마치 땅 밑 깊은 곳에서 솟아나 하늘에 가닿는 것 같은 소리를 주호는 내고 싶었다. 연습에 연습을 거듭했다. 그 과정에서 한 가지 고민과 맞닥뜨렸다. 힘 있는 소리를 선호하는 한국 무대에서 자신이 연마한 소리가 통할 수 있을지. 고민은 깊었지만 확신이 서지 않았다. 카탈디에게 고민을 털어놓았다.

"그런 걱정은 하지 않아도 될 것 같네. 음악은 세계 공통언

어이지 않은가. 한국 무대에서도 충분히 통할 수 있을 거야. 나는 자네 소리가 괜찮게 느껴져. 자신을 믿도록 하게."

카탈디의 격려는 주호에게 자신감이 되었다. 공연을 앞두고 한국에 들어왔다. 국립극장 연습실에서 열린 첫 연습 때 이아고가 소리를 내야 할 차례가 다가왔다. 주호는 어느 때보다 긴장하는 자신을 느꼈다. 드디어 이아고의 노래가 연습장에 울려 퍼졌다. 박수가 터져 나왔다. 박 교수도 만족스러운 표정이었다. 국립극장 대극장에서 공연이 끝난 후 한국 오페라계에 '베르디아노'가 나타났다는 격찬이 나왔다. "깊이 있고 우수 짙은 베르디 오페라의 정수를 선보였다. 한국 음악계를 긴장시키는 인물이 등장했다."는 평과 함께.

그해 12월 주호는 서울에서 윤이와 결혼식을 올린 후 로마 투스콜라나의 아담한 아파트에 신접살림을 차렸다. 중학생 때부터 그날까지를 통틀어 처음으로 집다운 집에서 살게 되었다. 폭풍우가 휘몰아치는 바다에서 긴 항해를 마친 후 호수처럼 잔잔한 바닷가에 닻을 내린 기분이었다.

독일에서도 주호에게 관심을 보였다. 독일의 정상급 성악 매니저인 슈톨하제로부터 〈오셀로〉 이아고 역 오디션을 보지 않겠느냐는 제안이 왔다. 이아고 역에 자신감이 있었기에 거절할 이유가 없었다. 1999년 9월 독일 플랜츠부르크극장에서 막이 올랐다. 독일의 저명 음악잡지인 《오픈벨트》가 "베르디가 원하는 최고의 바리톤이 나타났다."라며 한국인 성악가를 집중적으로 다루었다.

새로운 밀레니엄이 도래했다. 주호는 새 시대 새날의 햇빛이 자신의 인생을 비춰주는 것 같았다. 프랑스 기획사에서도 손짓을 보내왔다. 〈라 트라비아타〉〈토스카〉 두 작품을 2000년 9월부터 12월까지 석 달간 프랑스 파리, 니스 등에서 총 12회 순회 공연을 하기로 결정되었다.

화려한 무대 뒤에서 남들이 모르는 고통을 겪는 경우가 있다. 이탈리아로 건너간 주호의 몸에 독한 알레르기 증상이 나타났다. 유학 초기부터 습기로 가득 찬 눅눅한 방에서 기거하며 스파게티를 주식으로 삼아 생활한 데다 이국의 기후가 몸에 맞지 않아 탈이 난 것이었다. 알레르기는 봄꽃만 피면 나타났다가 여름이 가까워지면 사라졌다. 코와 기관지 쪽에 염증이 심해 노래를 부를 수 없을 정도로 고통스러웠다. 눈에도 이상이 왔다. 코가 헐어 휴지를 댈 수 없었다. 눈에 레몬즙을 뿌려도 감각이 없었다. 노래를 부르는 사람은 직업병처럼 기관지 염증이 있기 마련이고, 알레르기로 고통을 겪는

독일 플랜츠부르크극장 앞에서 〈오셀로〉 배역들과 함께.

사람도 많지만 주호는 유독 심한 편이었다. 이제 그에게 봄은 두려움의 계절로 변했다. 사람도 피하고 외출도 삼갔다.

볼로냐에 있는 잔니 라이몬디를 찾아갔다. 헤르베르트 폰 카라얀이 유럽 최고의 테너라고 평가한, 루치아노 파바로티와 견줄 만한 성악가였다. 그도 알레르기로 극심한 고통에 시달리느라 미국을 비롯한 해외 무대로 진출하지 못했다. 칠순이 넘은 그는 유학생들 사이에는 인품이 훌륭하고 지도법도 좋다는 소문이 돌았다. 주호는 잠시 레슨도 받고 상담도 하고 싶었다. 그는 중키에 조금 뚱뚱하고 옷차림이 수수했다.

"말도 말게. 나도 알레르기가 얼마나 심했는지 봄에는 아예 공연 일정을 못 잡았네. 알레르기는 극복할 수 있는 게 아니라 피해야 해. 노래하는 사람의 숙명이지. 알레르기와 친구가 된다고 생각하고 건강 관리를 꾸준히 잘해야 해."

그는 부드러우면서도 힘 있는 목소리로 알레르기 대처법을 소상하게 일러주었다. 볼로냐에 온다면 제자로 삼고 싶다고 했지만 그럴 수 있는 형편은 아니었다. 그 후로 주호는 봄이 오기 전에 지르텍 같은 항알레르기약을 미리 먹고 건강에도 신경을 더 썼다. 한국에 가면 언제 그랬느냐는 듯이 사라졌지만 유럽의 무대들이 그를 기다리고 있었다. 라이몬디의 조언은 효험이 괜찮았다. 알레르기를 벗 삼아 정진을 거듭했다. 다시 자신감이 살아났다. 하지만 주호는 알레르기보다 더한 시련의 파도와 맞닥뜨리게 된다.

프랑스 오페라 투어가 결정되고 얼마 지나지 않은 어느 날이었다. 아침 일찍 일어났는데 목이 칼칼했다. 몸도 평소보다 축 처지는 느낌이었다. 이상하다 싶어 소리를 내봤는데 제소리가 나오지 않았다. 기분이 영 좋지 않았다. 아침 식사를 하고 좀 쉬었다가 아내 앞에서 소리를 내보아도 마찬가지였다.

"컨디션이 안 좋아서 그렇겠지요. 좀 쉬다 보면 나아질 테니 너무 걱정하지 마세요."

아내도 대수롭잖게 여겼다.

하루 이틀 사흘이 지나도 목소리는 그대로였다. 갈라지거나 찢어지는 느낌이었다. 고성은 아예 낼 수가 없었다. 열흘이 지나도 변화가 없었다. 노래하는 사람이 목소리가 나오지 않으니 할 수 있는 일이 없었다. 답답함이 심장을 조였다. 다급한 마음에 카탈디를 찾아갔다.

"성악가는 그럴 때가 있어. 아니, 성악가니까 그럴 수 있는 거지. 휴식이 필요하다는 신호니까 조급해하지 말고 이참에 좀 쉬도록 하게."

그렇다고 마냥 쉬고만 있을 수는 없었다. 문제의 원인을 찾아야 했다. 로마의 유명한 병원은 다 찾아다녔다. 루치아노 파바로티, 안드레아 보첼리가 다녔던 병원도 가보고, 이탈리아 북부의 휴양도시인 살소 마조레의 유명한 이비인후과까지 찾아갔다. 의사들은 공통된 소견을 내놓았다. '성대가 부었다. 무리해서 그렇다. 휴식을 취해야 한다.' 친분이 있던 한국의 문영일 의사에게 전화를 걸어 사정을 이야기했다. 목에 염증이 생긴 것 같다며 석 달치 약을 보내주었다. 약을 먹어도 차도는 없었다. 망연자실했다. 이름도 모르는 불치병에 걸린 것 같았다. 당장 프랑스 오페라 투어가 문제였다. 매니저에게 사정 얘기를 하자 아직 시간이 있으니 좀 더 기다려 보자고 했다.

사람을 만나고 싶지 않았다. 혼자 있을 때는 눈물이 쏟아졌다. 의기소침한 사람을 이해할 수 없었는데, 비로소 이해할 수 있었다. 인생에 자신감이 넘칠 때 왜 이런 일이 일어나는지, 번민에 휩싸였다. 매일 새벽기도를 나가 신에게 무릎을 꿇었다. 목사님이 이상하게 여기며 무슨 일이 있냐고 했다. 사정 얘기를 하니 목소리를 회복할 수 있도록 기도를 해주겠다고 했다. 주변에서도 주호의 처지를 서서히 알게 되었다. 시간은 흐르고 소리에는 아무런 변화도 없었다. 텔레비전에서 흘러나오는 클래식을 들으면 괜스레 우울해졌다. 자신의 공연 테이프를 들으면 하염없이 눈물이 흘러내렸다. 프랑스 오페라 투어는 취소되고 말았다. 절망적인 상황이었다. 음악을 포기해야 하는가, 고심을 거듭하게 되었다.

지나간 일이 주마등처럼 눈앞에 펼쳐졌다. 고등학교 합창부에 들어가던 날, 대구에 첫 레슨을 받으러 가던 날, 계명대

콩쿠르에서 상을 받던 날, 로마행 비행기에 탑승하던 날, 아내를 만나던 날, 로마 국립극장과 한국 국립극장에서 데뷔하던 날……. 그 순간순간은 이제 무슨 의미가 있는 것인지. 그저 한숨과 눈물을 불러내는 추억이 되고 말았다.

가장으로서 생계 대책을 세워야 했다. 이탈리아 관광 가이드를 해볼까 하다가 이내 접었다. 성악가로 잘 나가던 사람이 관광 가이드를 한다는 것은, 무엇보다 성악에 대한 예의가 아닌 듯했다. 이왕이면 음악과 관련이 있는 방향으로 할 수 있는 일을 찾아보다가 음악 전문 매니저를 해보면 어떨까 싶었다. 마침 이 분야에서 일하고 있던 단테 마리티와 친분이 있었다.

"내가 한국, 중국, 일본의 음악인들을 연결할 테니 같이 일해보는 게 어때? 너는 서양, 나는 동양을 책임지면 그림이 좋잖아."

"그래, 그것도 괜찮은 것 같네. 너하고 같이 일하면 재미있을 것 같아. 그건 좋은데, 네 재능이 너무 아깝다. 힘들긴 하겠지만 좀 더 쉬다 보면 나아질 수도 있어. 주변에 너와 비슷한 사람이 있거든. 음악을 포기하지 말았으면 좋겠어."

마리티의 조언이 고맙기는 했지만, 목소리에 변화가 없으니 주호도 어떻게 할 방법이 없었다. 음악 전문 매니저라는 생계의 밑그림이 나온 만큼 어떻게 구체화할지 생각을 다듬으며 시간을 보냈다.

2001년 1월 초, 한국 국립오페라단 단장한테서 연락이 왔다. 베르디의 오페라 〈시몬 보카네그라〉를 무대에 올리는데, 주역을 맡았으면 좋겠다는 제안이었다. 제노바에서 평민으로는 처음 총독에 선출돼 귀족과 평민의 갈등을 해소하려 애썼던 실존 인물의 생애를 다룬 작품으로, 소프라노와 테너를 주인공으로 하는 기존의 이탈리아 오페라와는 달리 바리톤을 주연으로 내세워 더 유명해진 작품이다. 작품 수준이 아주 높고, 유럽에서도 무대에 자주 올리는 작품은 아니었다. 절로 탄식이 나왔다. 탐은 나지만 음악을 접었는데. 잠시 뜸을 들이다가 매니저와 상의해서 연락을 주겠다고 했다. 차마 목소리 얘기를 꺼낼 수 없었다. 그 얘기를 하는 순간, 한국에서 음악 생명에 마침표를 찍는 것이었다. 스스로 음악을 포기했다고는 하지만 굳이 타인들에게 알리고 싶지는 않았다.

장고를 하다 국립오페라단 단장에게 전화를 했다. 〈시몬 보카네그라〉 주연을 맡겠다고. 목소리에는 변화가 없었지만, 천 길 낭떠러지 위에서 몸을 던지는 심정이었다. 기적처럼 살아나든, 아니면……. 공연은 4월 말 예술의전당 오페라하우스에서 열릴 예정이었다. 100일 남짓 시간이 있었다. 100일 치성은 곰을 사람으로 만들었다고 하지 않던가. 일단 노래는 부르지 않고 가사만 읽었다. 매일 아침 윗몸일으키기와 수영, 복식호흡을 하고 식단 관리도 철저하게 했다. 그렇게 공을 들이니 목소리가 점차 나아지는 듯했다. 발성도 기초부터 다시 시작했다. 조금씩 희망의 기운이 느껴졌다. 파올로 실베리를 찾아가 자초지종을 털어놓았다.

"성악을 하다 보면 그럴 수 있어. 너무 기죽지 마. 그리고 시몬 보카네그라, 그 역은 당신이 딱 맞아. 누군지 몰라도 사람 보는 눈이 있네. 잘될 거야. 열심히 해봐."

그는 시원시원하게 덕담을 해주었다.

3월 초 한국행 비행기에 탑승했다. 서울에 도착한 후 곧장 압구정동에 있는 세실내과 홍관수 원장을 찾아갔다. 성악에 조예가 깊은 그는 성악가들에게 무료 진료를 해주는 등 편의를 봐주었다. 사정 얘기를 하니 혈액 검사를 해보자고 했다. 그 순간, 이탈리아 병원에서는 왜 혈액 검사를 하지 않았는지 의아했지만 다 지나간 일이었다. 갑상선에 염증이 심하다는 결과가 나왔다.

"그동안 고생이 많았겠네요. 이 정도면 소리를 내기 힘듭니다. 더 심해지면 아예 노래를 못할 수도 있어요. 사실은 나도 갑상선에 염증이 있어서 이 증상을 잘 알고 있지요. 목에 부담을 주는 행동을 해서는 안됩니다. 말수를 줄이고, 따뜻한 물을 자주 마시고, 운동도 꾸준히 해야 합니다. 방심하면 또 탈이 난다는 것을 명심하세요."

홍 원장은 갑상선 호르몬약을 처방해 주었다. 착한 학생처럼 홍 원장의 말대로 따라하자 효과가 확실히 나타났다. 불안과 공포는 원인을 모를 때 극심해진다. 원인을 알게 되자 목소리를 회복할 수 있다는 자신감이 붙었다. 본격적으로 오페라 연습에 들어갔다. 박수길 교수 연구실을 찾아가 그동안의 우여곡절을 얘기했다. 박 교수는 소리를 한번 내보라고 했다. 소리를 들은 박 교수는 "그만하면 됐네. 그럴 때도 있지."라며 등을 툭 쳤다.

목소리가 점차 회복된다고 해서 방심할 수는 없었다. 팽팽한 긴장을 유지하며 연습에 집중했다. 주호는 컨디션이 좋을 때도 공연 3주 전부터는 평소보다 말을 3분의 2 정도 줄이고, 공연이 임박하면 집에 칩거하며 타인과의 만남을 단절해 버린다. 아내와의 잠자리도 피한다. 고독 속에 침잠해 작품에 몰입하는 것이다. 깊은 산속 폭포 아래 움막을 지어놓고 득음의 경지에 이르기 위해 맹연습을 하는 소리꾼과 다를 바 없는 것이다.

〈시몬 보카네그라〉의 지휘는 이탈리아인 피에르 조르지오 모란디가 맡았다. 세계적인 연주자로 명성을 떨치던 인물이 었다. 주호는 주연을 맡았으니 지휘자 앞에서 노래를 불러야 했다. 그는 엄지손가락을 치켜세웠다. 한국에서 자주 볼 수 있는 작품이 아니어서 음악계에서 관심이 많았다. 노래를 포기할 결심까지 세워야 했던 주호로서는 유난히 떨리는 무대 였다. 막이 오르고 혼신을 다해 열창을 했다. 박수갈채와 함께 막이 내리고 박 교수가 무대 위로 올라왔다.

"꾀병이었네. 잘했다."

인생에 가정은 무의미하다고 하지만, 만약 국립오페라단에서 〈시몬 보카네그라〉 주연 제의를 하지 않았다면, 절망에 빠져서 그걸 받지 않았다면 어떻게 되었을까? 이탈리아에서 음악 전문 매니저가 되었을까? 주호는 생각만 해도 아찔했다. 하지만 그것은 젊은 성악가의 정신을 더 깊게 만드는 계기가 되었다. 그는 곰곰이 생각했다. 그렇게 세찬 인생의 물살을 건너며 자신의 음악이 어디서 오게 되었는지를.

나의 음악은 나의 것이기도 하지만 나의 것이 아니기도 하지. 음악의 길을 알려주었던 작은형과 지도를 해준 여러 선생님들, 대구에 있지 말고 서울로 가라고 등을 떠민 계명대 김승유 선배, 이탈리아 유학을 권한 서울대 김성길 교수와 주세페 줄리아노, 그리고 어머니와 아내. 그들이 없었다면 나의 음악은 없었겠지. 그래, 나의 목소리는 나의 것이기도 하지만 나의 것이 아니기도 하니 이제 누구를 위해 어떻게 쓰여야 하는 것일까. 눈물 젖은 기도를 들어주던 신에게 보답하는 길은 무엇일까.

6
꿈속에서 만난 아이들

새벽에 울리는 전화 벨소리가 반가울 리 없다. 휴대전화에는 082 한국 국가번호가 찍혀 있었다. 예감이 좋지 않았다.

"아버지 하늘나라 가셨다."

작은형의 건조한 목소리였다. 마음의 준비는 하고 있었지만 막상 닥치니 머릿속이 하얗게 되었다.

"장례는 사일장으로 하기로 했다. 네가 와야 장례를 치르지. 그리 알고 서둘러 와라."

주호는 침대에 털썩 주저앉아 눈을 감았다.

아버지는 1996년 가을 뇌졸중으로 쓰러졌다. 교대근무를 마치고 직원들과 삼계탕을 먹었다가 급체에 걸렸는데, 그만

쓰러지고 말았다. 병원에서 초기 대응을 잘못하는 바람에 뇌 손상을 심하게 입었다. 이탈리아에서 소식을 접한 주호는 땅이 꺼지는 심정이었다. 자신의 유학 비용을 보태려 일을 나갔다가 변을 당한 아버지를 차마 어떻게 볼 수 있을까 싶었다. 급히 귀국했다. 막내아들을 만난 아버지는 서울에서 치료를 받고 싶다고 했다. 지방 병원에 있는 뇌졸중 환자를 서울의 대형 병원에서는 잘 받아주지 않았다. 길을 찾다가 모교인 한양대 부속병원장에게 육필로 편지를 썼다.

한양대 졸업생입니다. 외국에서 성악 공부를 하고 있는데, 아버지께서 뇌졸중으로 쓰러졌습니다. 저는 아버지가 이렇게 되도록 방치한 불효자입니다. 잘 아시겠지만, 지방 중소도시에서는 뇌졸중 치료가 쉽지 않습니다. 아버지는 서울의 큰 병원에서 치료를 받고 싶어 합니다. 불효자로서 아버지의 마지막 소원마저 들어주지 못한다면 평생의 한이 될 것 같습니다. 병원장님께서 아버지의 소원을 들어주신다면 은혜는 평생 잊지 않겠습니다.

편지를 보낸 후 한양대 부속병원에 근무하는 친구에게도

사정을 얘기하고 각별히 부탁을 했다. 다행스럽게도 아버지를 구급차에 태워 한양대 부속병원으로 옮길 수 있었다. 포항 병원에서는 아버지가 1년을 넘기기 어려울 것이라 했지만, 한양대 부속병원에서는 중증이긴 하지만 관리를 잘하면 호전될 수 있을 것이라는 소견을 내놨다.

그 과정에서 또 하나의 벽과 마주쳤다. 산재 처리 여부였다. 아버지는 회사에서 쓰러졌기 때문에 산재 처리가 되어야 했지만, 한양대 부속병원에서는 그렇게 해줄 수 없다고 버텼다. 산재 처리를 원한다면 다른 병원으로 옮기라는 것이었다. 산재 처리 여부는 병원비 부담 등에서 엄청난 차이가 났다. 그렇다고 서울에서 다른 병원을 찾아 나설 수도 없는 형편이었다. 주호는 병원 행정실에 통사정을 하며 매달렸다. 산재 처리가 안 되면 치료를 받을 수 없으니 제발 살려달라고. 사흘 동안 눈물바람으로 간곡하게 부탁하자 병원 행정실 직원들이 마음을 바꾸었다.

아버지는 서울에서 충분한 치료를 받고 호전된 뒤 포항으로 옮겼다. 그사이 주호는 이탈리아로 돌아가 아버지에게 편지를 보내기도 하고, 전화 연락을 하기도 했다. 그렇게 세월이 흐르면서 병세가 악화된 아버지는 당신이 이 세상을 뜨고 나면 주호에게 연락하라는 유언을 남겼다.

2003년 2월은 유난히 추웠다. 아버지 빈소에서 오랜만에 만난 사촌형이 잠깐 보자고 했다.

"외국 나가서 고생 많지?"

"뭘요, 하고 싶은 공부 하는 건데."

"어머니 건강은 좀 어떠셔?"

"어머니요, 특별히……."

"혹시 어머니 눈을 본 적 있나?"

"눈요?"

"이런 얘기하긴 좀 그런데, 이상하단 느낌이 들어서."

주호는 망치로 뒤통수를 맞은 기분이었다. 어머니의 눈을 유심히 바라보았다. 초점이 또렷하지 않았다. 행동거지도 어딘가 모르게 어색했다. 순간, 아버지가 전화로 한 얘기가 생각났다. 니 엄마는 내 없이 못 산다. 몸이 불편한 아버지가 어머니 없이 못 산다고 하면 얘기가 되지만, 몸이 성한 어머니가 아버지 없이 못 산다는 얘기는 무슨 뜻인지 이해가 되지 않았다. 그저 하는 말이려니 하고 흘려듣고 말았다. 그 말뜻이 어머니의 눈을 두고 한 얘기인가 싶었다. 아버지의 유품을 정리하면서 작은형에게 어머니 얘기를 꺼내지 않을 수 없었다. 작은형은 병원에 가서 검사를 받아보는 수밖에 없지 않겠느냐고 했다.

어머니는 초음파, MRI 등 몇 가지 검사를 받았다. 의사는 치매 초기라며 식구들이 살뜰하게 잘 모셔야 한다고 다짐을 받듯 얘기했다. 주호는 어머니의 손을 잡고 병원을 나서며 이탈리아로 가는 일정은 일단 접어두기로 마음먹었다.

고향 바다로 갔다. 3월 초순, 샛바람 부는 송도에서 방파제를 거닐었다. 머나먼 이국에서도 늘 그리운 영일만을 바라보았다. 세상은 변해도 늘 그 자리에 그대로 있는 바다가 고마웠다. 파도가 높은 날, 영일만은 볼륨이 더 넓게 보였다. 갈매기들의 하얀 날개는 푸른 하늘을 배경으로 더 하얗게 빛났다. 수평선 너머로 배들이 하나둘 사라지고, 하나둘 다가오기도 했다. 십자가 아래서 기도로 신의 뜻을 물었듯이, 밀려오는 파도에게 가야 할 길을 물었다. 아버지의 임종도 못 지켰는데 어머니는 어떻게 모셔야 하는지, 음악은 어떻게 해야 하는지.

아버지를 여읜 그즈음은 주호의 인생에서 가장 빛날 때였다. 유럽의 여러 극장과 기획사에서 출연 제의가 쇄도했다. 주활동 무대를 독일로 옮길 것인지도 고민했다. 플랜츠부르큰극장에서 성공적인 데뷔를 한 후 독일 기획사에서 그런 의향을 내비쳤다. 주마가편, 열심히 달려야 할 시점이었다.

대구로 첫 레슨을 가던 날, 이웃에게 빌린 돈을 건네주며 열심히 배우고 오라던 어머니 얼굴이 떠올랐다. 어머니 없이는 자신의 음악이 있을 수 없었다. 기억력을 잃어가는 어머니를 남겨두고 더 큰 별이 되기 위해 외국으로 가야 하는 것인가. 물론 형과 누나가 어머니 곁에 있기는 했지만 자신이 감당해야 할 도리가 있었다. 그렇다고 유럽 무대를 포기하고 한국으로 돌아올 것인가. 그것도 간단한 문제는 아니었다.

주호는 아내에게 고민을 털어놓았다.

"당신 꿈이 있는데 여기서 멈춘다는 건……. 일단 로마로 가세요. 내가 여기서 어머니를 모실게요. 당분간 그렇게 살다 보면 어떻게 길이 나겠지요. 그다음 일은 그때 가서 생각하고요."

주호는 머리를 가로저었다. 아내의 어깨에 더는 짐을 얹을 수 없었다.

"편하게 생각하세요. 어느 쪽이든 당신 결정을 따르도록 할게요."

아내의 담담한 말에 주호는 고개를 끄덕였다.

고2 때, 대구라는 이정표가 눈앞에 다가온 순간, 그곳에 꼭 가야 했다. 그 이정표를 따라가다 유럽까지 가게 되었다. 이제 또 한 번의 선택을 해야 했다. 남을 것인가, 떠날 것인가.

"뭐라고? 이건 말이 안 돼. 생각을 다시 해봐. 효도를 꼭 그렇게 해야만 하는 건 아니야. 자넨 이제 새롭게 시작하는 거나 마찬가지야. 조금만 더 고생하면 로마는 물론 유럽을 휘어잡을 수 있어. 그게 더 큰 효도야. 지금 한국에 주저앉으면 유럽은 포기해야 돼, 영원히."

주호의 전화를 받은 카탈디는 충격을 받은 듯했다. 도저히 이해할 수 없다는 반응이었다. 카탈디의 말처럼 유럽에서 성공하는 것이 더 큰 효도일 수 있었다. 유럽에서 돈과 명예를 얻어 어머니를 모시는 형이나 누나에게 넉넉하게 송금을 해주고, 이따금 한국에 와서 어머니를 만나는 것도 한 방법이었다. 그렇게 한다고 해서 누가 주호에게 손가락질할 리도 만무했다. 하지만 그런 방법은 자기 합리화에 불과하다는 생각이 들었다. 더 큰 별이 된다면 지상으로 돌아오기가 더 힘들어질 수 있었다.

박수길 교수에게도 전화를 했다. 박 교수도 주호의 판단을 수긍하기 어렵다는 반응이었다. 어머니 얘기를 깊이 있게 하자 잠시 말이 없었다. 북녘 땅에 어머니를 두고 온 처지여서 심사가 복잡한 듯했다.

"그러면 한국에 정착한다고 생각하지 말고 한국에 둥지를 틀고 세계무대에서 활동해라."

주호는 명심하겠다고 대답했다.

인생의 한 단락이 그렇게 마무리되었다. 아내가 로마에 가서 집 정리를 하는 사이 서울 양재동에 작은 집을 전세로 얻었다. 유럽의 지인들에게 사정 얘기를 하자 예외 없이 충격으로 받아들였다. 혹시 상황이 바뀌어 유럽으로 오게 되면 다시 일을 해보자고 덕담을 해주는 이도 있었다. 그렇게 된다면 힘을 모아서 더 신나게 일을 해보자고 유쾌한 목소리로 대답했다.

한국의 지인들도 실망하기는 마찬가지였다. 선배들이 더 그랬다. 유럽에서 조금만 더 노력하면 조수미가 부럽지 않을 앞날이 열릴 텐데 한국에 정착한다니 도무지 이해하기 어렵다는 선배도 있었다. 하지만 주호는 다른 가치를 더 소중히 마음에 보듬었다. 다행히 유럽에서 받아온 유명세는 한국에서도 피부로 느낄 수 있었다. 음악회와 오페라 출연 제의가 줄을 이었다. 한국에 둥지를 틀기로 결정하자 속이 후련하

2002년 6월 국립오페라단이 기획한 톨스토이 원작
〈전쟁과 평화〉에서 안드레이 공작 역을 맡은 주호.

기는 했지만 마음 한구석에는 유럽에 대한 미련이 없지 않았다. 분주한 일상은 그런 미련이 고개를 들지 못하게 했다.

포항의 한 애육원에 전화를 걸었다. 아이들 앞에서 노래를 부르고 싶다고 했다. 원장은 아이들에게 근사한 선물이 될 거라며 흔쾌히 동의했다. 어머니를 만나러 가는 날, 애육원에 가기로 약속을 했다. 영일만이 한눈에 내려다보이는 언덕 위의 선린애육원. 6·25전쟁 때 격전지였던 포항의 거리에는 갈 곳 없는 고아들이 즐비했다. 포항의 교회와 미군 해병대가 손을 잡고 전쟁고아들을 품은 시설이 선린애육원의 뿌리다. 딱한 처지의 아이들에게는 문자 그대로 착한 이웃의 따뜻한 품이었다. 주호는 고등학교 시절 교회에서 봉사활동을 하러 애육원에 찾아간 인연이 있었다.

함께 노래를 부를 동반자는 아내뿐이었다. 애육원에서 성악가가 노래를 부르는 것은 처음이었다. 해맑은 얼굴의 아이들이 식당에 옹기종기 모였다. 아이들은 연미복과 드레스를 입은 성악가 부부를 신기한 표정으로 바라보았다. 밝고 진취적인 노래가 좋을 듯했다. '선구자' '그리운 금강산' '오 솔레미오' 등을 불렀다. 아이들은 발을 구르며 좋아라 했다. 입을 쫑긋쫑긋하며 따라 부르는 아이들도 있었다. 음악회가 끝나고 아이들과 어울려 얘기도 하고 장난을 치며 놀아주기도 했다. 아이들도 성악가 부부를 격의 없이 대했다. 그날 밤 꿈자리에 어린 사슴 같은 아이들이 뛰노는 모습이 너무도 선명했다. 아이들이 눈에 밟혀 아내와 함께 두어 차례 더 선린애육원에 가서 노래를 불렀다.

가야 할 길이 보였다. 극장에서 나가기로 했다. 극장도 소중한 무대지만, 극장 밖에 있는 사람도 소중한 존재다. 성악가가 부르는 가곡을 한 번도 들어본 적이 없는 사람들을 위해 노래를 부르고 싶었다. 좋은 소리는 스스로 연마해야 얻을 수 있지만, 궁극에는 하늘이 허락해야 얻을 수 있다. 극장 바깥에 있는 사람들, 소외된 사람들에게도 그 소리를 들려주고 싶었다. 하늘은 이 일을 맡기기 위해 그동안 준비를 시켜왔다고 주호는 생각했다.

뜻을 함께하는 사람이 필요했다. 아내와 단 둘이서 이 일을 감당할 수는 없었다. 극장에서 나가 고작 몇십 명이 앉아 있는 궁벽진 강당이나 식당 같은 데서 노래를 부를 수 있는 벗. 돈을 벌기는커녕 때로는 자신의 주머니를 털어 돈을 보태야 하고, 어느 누구의 찬사나 칭찬을 기대해서는 안 되며, 평생의 사명이라 여기고 긴 호흡으로 함께 갈 수 있는 벗. 세상에 이런 벗을 어디서 구할 수 있을까 싶었다. 멀리서 이런 사람을 찾을 수는 없고 가까이 있는 사람이라야 가능했다. 골똘히 궁리한 끝에 두 친구에게 의견을 물었다. 바리톤 이진원, 테너 김형철. 대학 동문이고, 이탈리아에서 수학했으며, 노래 솜씨가 상당한 친구로 흉허물 없이 가깝게 지내는 사이였다. 다행스럽게도 두 친구는 기대를 저버리지 않았다. 일단 가벼운 마음으로 시작하고 차차 그다음을 만들어가자는 데 의기투합했다.

경기도 파주에 주보라의집이 있다. 중증 장애인 거주시설이다. 가장 먼저 이곳을 찾아갔다. 여러 곳을 물색하다가 한 지인의 소개로 이곳과 연결이 되었다. 작은 음악회는 넓은 의미의 봉사라 할 수 있는데, 노래 봉사를 아무 곳에서나 받아주지는 않았다. 봉사를 빙자해 자기 이름을 빛내거나 다른 목적으로 이용하려는 순수하지 못한 사람들이 있기 때문이다.

주보라의집에는 노래를 부를 수 있는 강당 같은 무대가 따로 없었다. 열대여섯 평 되는 방에서 노래를 불러야 했다. 피아노도 있을 리 없었다. 준비해간 휴대용 피아노로 반주를 맞췄다. 원장은 신발을 신고 들어가도 된다고 했지만 그럴 수는 없었다. 사실 성악가가 연미복을 입은 채 신발을 벗고 노래를 부른다는 것은 성악가이기를 포기하는 것이나 마찬가지였다. 하지만 이런 곳에서 노래를 부른다는 자체가 기존의 틀을 깨는 것이기에 주호와 벗들은 개의치 않았다.

방에는 20여 명의 장애인이 있었다. 몸이 비틀어진 사람, 팔이 없는 사람, 스스로는 걷지 못하는 사람이 있는가 하면 누워 지내는 사람도 있었다. 주호는 옆에 서 있는 벗들의 얼굴을 곁눈으로 보았다. 아내도 두 친구도 표정이 굳어 있었다. 주호도 긴장할 수밖에 없었다. 얘기는 듣고 왔지만, 막상 닥쳐보니 생각했던 것과는 한참 거리가 있었다. 장애인들도 성악가 일행을 멀뚱멀뚱 쳐다보았다. 소개가 끝나고, '얼굴'을 먼저 불렀다. 한 곡을 부르고 나자 긴장이 조금 풀리는 듯했다.

오가며 그 집 앞을 지나노라면
그리워 나도 몰래 발이 머물고
오히려 눈에 띌까 다시 걸어도
되오면 그 자리에 서졌습니다.

이은상 작사, 현제명 작곡의 '그 집 앞'을 부르자 눈물을 비치는 장애인이 있었다. '오 해피데이' '마법의 성'이 울려 퍼지자 팔이 없는 사람은 이리저리 몸을 흔들었고, 몸을 움직이기 힘든 사람은 머리를 끄덕였으며, 으으으 하는 신음소리를 내는 사람도 있었다. 직원과 보호자들은 박수를 치며 분위기를 돋우었다. 그렇게 음악회 분위기는 무르익었다.

파주에서 서울로 가는 자유로에 서서히 어둠이 내렸다. 서쪽 산으로 해가 넘어가자 도로에는 차량의 불빛이 점점이 이어졌다. 승용차 안에 탄 네 사람의 표정에는 첫 봉사를 무난히 치른 후의 안도감이 배어 있었다.

"친구 잘 둔 덕분에 좋은 경험 했다."

"그러게 말이다. 처음에는 얼마나 긴장이 되던지 목소리가 안 나와 혼이 났네. 여하튼 큰 공부 했어."

승용차 뒷좌석에 앉아 있던 이진원과 김형철이 말을 주고받았다.

"당신도 한마디 해야죠."

앞좌석에 앉아 있던 아내가 말을 꺼냈지만 핸들을 잡고 있던 주호는 웃고 말았다.

"나야 뭐 할 말이 있나. 그저 고맙고 미안할 뿐이지."

그랬다. 좋은 경험, 큰 공부가 되긴 했지만, 친구들에게는 미안한 마음이 앞섰다. 아무리 취지가 좋다 한들 돈 한 푼 안 되는 일에 끌여들여 마음이 편치 않았다. 더군다나 두 친구는 사는 형편이 그리 넉넉지 않았다. 이 일이 생각처럼 쉬운 일은 아니라는 것을 깨닫기도 했다. 봉사에 들어가는 시간과 노력이 만만치 않았다. 본업에 충실하면서 봉사를 꾸준히 하기 위해서는 준비를 더 촘촘하게 해야 했다.

다음 방문지는 경기도 안성에 있는 혜성원이었다. 중증 장애인 생활시설로 주보라의집보다 규모가 큰 편이어서 관객도 많았고 분위기도 뜨거웠다. 음악회를 무사히 마치고 피아노를 옮기는데 한 장애인이 거들다가 발등이 찍혀 피를 꽤 흘렸다. 외모는 청년이지만 정신연령은 낮아 보였다.

"나는 괜찮아요. 다음에 꼭 다시 와주세요."

말투와 표정에서 진심이 느껴졌다. 그 말이 인연이 돼서인지 혜성원에 서너 차례 더 방문하게 되었다.

주호는 극장 안에서도 왕성한 활동을 펼쳤다. 국립오페라단과 서울시립오페라단, 대구 오페라하우스에서 기획한 오페라 〈토스카〉 〈라 트라비아타〉 〈팔리아치〉 등에 출연했다. 러시아, 중국, 일본에서 열린 오페라와 음악회에 참가했다.

독일 프랑크푸르트에서 열린 오페라 〈춘향전〉에서 변사또 역을 맡아 센세이션을 일으키기도 했다.

7
봉사에서 문화운동으로

2003년 초가을, 길거리에 코스모스가 한창일 무렵, 홍사
종 경기도문화예술회관 관장을 만나기 위해 수원으로 갔다.
홍 관장과는 오래전부터 인연이 있었다. 주호가 서울시립합
창단 단원으로 있을 때 세종문화회관에서 연습과 공연을 자
주 하면서 그곳에서 근무하고 있던 홍 관장과 자연스럽게 안
면을 트게 되었다. 이탈리아 유학 시절에도 홍 관장이 방문
하면 안내를 해주며 오페라와 문화예술 전반에 대해 깊이 있
는 얘기를 나누었다. 노래 봉사를 계속하기 위해서는 누군가
의 조언과 도움이 필요한데, 홍 관장이 적임자일 듯했다. 그
는 문화예술에 아이디어가 풍부하고 인맥이 넓었다.

"노래 봉사, 취지가 좋아. 역시 우 선생은 달라."

홍 관장이 고개를 끄덕이며 말을 이었다.

"사실은 우 선생 같은 사람을 찾고 있었는데, 오늘 임자를 만났네."

주호는 고개를 갸우뚱했다.

"혹시 모세혈관 문화운동이라고 들어본 적 있나?"

"예? 모세혈관과 문화운동. 그렇게도 연결이 되나요?"

"내가 여기 관장을 맡으면서 시작한 프로젝트인데, 쉽게 얘길 하면, 우 선생 같은 성악가를 평생 한 번도 구경해보지 못한 시골 어르신들을 직접 찾아가 노래를 부르고 함께 어우러지자는 문화운동이지. 아주 가는 실핏줄 같은 농어촌이나 시설에 예술단이 찾아가 문화공연을 하자는 건데, 차비 정도는 우리 쪽에서 지원을 해주고."

"역시 홍 관장님다운 발상입니다."

"내가 고민하고 있던 걸 우 선생은 벌써 시작한 거지. 어때, 우 선생도 모세혈관 문화운동의 일원으로 들어오도록 하지."

"일이 그렇게 되는군요. 제가 움직여봐야 홍 관장님 손바닥 안에 있었네요."

"무슨 얘기를. 서로 마음이 통하고 있었던 거지. 여하튼 앞으로 잘해보자구."

홍 관장의 집무실을 나와 승용차 전조등을 켰다. 저녁 어스름이 내리는 도로에 차들이 줄을 잇고 있었다. 서울 쪽으로 방향을 잡으며 이 생각 저 생각을 하는데, 가야 할 길이 좀 더 뚜렷하게 보였다. 의미 있는 일을 도모하기 위해서는 마음만으로 되는 게 아니라 설득력 있는 논리가 있어야 된다는 것을 깨달았다. 모세혈관 문화운동. 한 번 들으면 잊히지 않을 근사한 명칭이었다. 그래, 더 낮은 곳으로 가자, 그곳에 있는 사람들과 하나로 어우러지는 운동을 하자, 실핏줄까지 내려가는 문화운동.

운동을 하기 위해서는 사람과 돈이 필요했다. 경비 일부는 경기도문화예술회관의 지원으로 충당할 수 있었다. 사람을 모으는 것이 과제였다. 이진원, 김형철처럼 말이 통하고 배짱이 맞을 만한 성악가가 필요했다. 저녁마다 사람들을 만나 술잔을 기울이며 운동의 취지를 설명했다. 뜻은 좋지만 무모하다는 반응도 있었고, 호의적으로 나오는 사람도 있었다. 삼삼오오 사람들이 모였다. 그들이 또 다른 사람들을 연결하면서 서서히 틀이 잡혔다. 기존 멤버인 이진원, 김형철 외에

김홍기, 구형진, 송승민, 민경환, 강창련, 송필화, 김준홍, 유현국, 이재필이 합류했다. 어디 내놔도 빠지지 않는 쟁쟁한 실력파에 심성이 고운 사람들이었다. 대부분 외국에서 공부하고 돌아와 대학에서 강의를 하며 오페라계에서 주목받는 성악가였다.

장애인시설, 노인복지관, 보육원, 교정시설 등에서 무료 음악회를 진행하기로 계획을 짜고 홍 관장과 의견을 나누었다. 팀의 명칭은 '우주호와 음악친구들'이라 정했다. 이런 일을 펼치기에 '우주호'의 위상은 적당했다. 대스타라면 이런 일을 아예 생각조차 할 수 없고, 인지도가 너무 낮아도 성악가나 관객들을 모으는 데 한계가 있었다. 주호는 이 모든 것을 하늘의 뜻으로 여겼다.

본격적으로 일을 시작하자니 근심이 눈앞을 가렸다. 모세혈관 문화운동에 찬동해 성악가들이 모이기는 했지만, 음악회를 진행하다 보면 생각과 현실의 괴리가 있을 수밖에 없고, 그러다 보면 이탈자가 나오지는 않을까 걱정이 되었다. 화려한 무대에 익숙하던 사람들이 시골 면사무소 강당이나 장애인 시설 같은 곳에서 노래를 부른다는 것이 쉬운 일인가. 인원이 적다 보니 두어 사람만 빠져도 전체가 흔들릴 수

경북 영주 단산면 구구1리 마을회관에서.

있었다. 그런 고민으로 밤잠을 설쳤지만 해는 뜨고 길을 나
서야 했다.

　얼굴에 주름이 깊게 패고 허리가 구부정한 할머니, 새마을
모자를 삐뚤게 쓴 할아버지, 몸빼바지를 입은 아주머니, 할
아버지 할머니의 손을 잡고 호기심 가득한 눈동자를 굴리고
있는 아이들이 시골 면사무소 강당에 모였다. 관객이라고 해
야 40명 정도였다. 성악가 숫자보다 관객 숫자가 적을 때도

있었다. 주호는 동료들이 이런 상황을 어떻게 받아들일지 신경이 곤두섰다. 다행스럽게도 동료들은 내색 한번 하지 않고 밝은 표정으로 음악회를 진행했다. 어느 곳에 가도 처음에는 성악가와 관객들 사이가 서먹서먹했다. 하지만 한 곡 두 곡 노래가 울려 퍼지면서 분위기는 서서히 달아오르고 음악회가 끝날 무렵에는 성악가와 관객들 너나없이 손을 잡고 함께 어우러지는 흥겨운 노래판이 벌어졌다.

안양교도소에 공연이 잡혔다. 교도소 정문을 통과하자 성악가들은 아무런 말이 없었다. 어느 누구도 교도소 담장 안으로 들어가 노래를 불러본 적이 없어서 마음이 졸아들 수밖에 없었다. 강당에 들어서자 성악가들은 움찔했다. 푸른색 수의를 입은 청소년 300여 명이 **빳빳한** 자세로 앉아 있었다. 약속이라도 한 듯이 무표정한 얼굴에 날카로운 눈빛이었다. 강당에 들어오기 전, 교도소장은 무대 아래로 내려가서는 안 된다고 단단히 주의를 주었다. 혹시라도 사고가 날 것을 우려해서였다. 사회자가 '음악친구들'을 소개한 후에 첫 곡으로 '경복궁 타령'을 부르자 순식간에 분위기가 바뀌었다. 강당이 떠나갈 듯 박수가 터져 나오고, 휘파람 소리도 들렸다. 몇 곡을 더 부르고 나서 '나의 살던 고향은'을 부르며 무대 아래로 내려가 재소자들의 손을 잡았다. 교도소장의 주의를 어겼지만 교도관들은 제지를 하지 않았다. 누가 먼저 제안을 하지 않았는데 재소자들 스스로 노래를 함께 불렀다.

> 나실 제 괴로움 다 잊으시고
> 기를 제 밤낮으로 애쓰는 마음
> 진자리 마른자리 갈아 뉘시며
> 손발이 다 닳도록 고생하시네

'어머니 마음'을 부르자 재소자들은 노래를 따라 부르다 말고 태반이 눈물을 흘렸다. 순식간에 강당은 눈물바다가 되었다.

모세혈관 문화운동을 몇 차례 진행한 후에 홍 관장의 연락을 받았다. 경기도 화성시 서신면에 있는 옥란재에서 다문화가정 초청 음악회를 열었으면 좋겠다고 했다. 홍 관장 집안에서 누대에 걸쳐 가꿔온 옥란재는 한옥과 정원이 아름답기로 유명하다. 베트남, 캄보디아 등 주로 동남아에서 온 다문화가정 20여 명과 그들을 돕고 있는 홍 관장의 지인들이 운치 있는 한옥에서 자리를 함께했다. 홍 관장의 지인들은 이름만 대면 알 만한 저명인사로, 노블레스 오블리주를 조용히 실천하는 가운데 옥란재에서 주기적으로 공부와 토론을 하고 있었다.

'산촌' '향수' 등 한국 가곡과 '라 돈나 에 모빌레(여자의 마음)' '에 루체반 레 스텔레(별은 빛나건만)' 같은 이탈리아 가곡을 불렀다. 마무리 노래는 '아리랑'을 택했다. 참석자들 모두가 손을 잡고 둥글게 원을 그리며 합창을 했다. 노래와 이야기, 웃음과 박수를 골고루 버무린 화기애애한 자리였다.

음악회를 마치고 홍 관장이 잠깐 보자고 했다. 그의 옆에 온화한 표정의 중년 남자가 서 있었다. 홍 관장이 소개한 사람은 서울대 미대 김병종 교수였다. 김 교수는 좋은 노래 들려주어서 고맙다며 인사를 건넸다. 그리고는 바보 정신 얘기를 꺼냈다. 김수환 추기경이 말한 바보 정신을 따르기 위해 바보 예수를 화두로 그림을 그려왔는데, 바보 음악가를 만나게 될 줄은 몰랐다는 것이다. 말하자면 '음악친구들'을 바보 정신을 따르는 바보 음악가로 받아들인 것이다. 김 교수는 자신의 그림이 '음악친구들'의 노래에 비하면 초라하다며 진정으로 예술을 함께 나눌 줄 아는 사람들을 만나게 돼 기분이 좋다고 했다.

김 교수가 말한 바보 음악가는 주호에게 북극성 같은 삶의 지표가 되었다. 힘들고 어려운 일을 겪을 때마다 바보 음악가를 떠올리며 헤쳐 나갔다. 김 교수는 '음악친구들'의 캐리커처를 모두 그려주는 등 진심을 다해 도움을 주었다. 초면에 도울 수 있는 길을 찾아보겠다고 말했을 때 으레 하는 인사려니 하고 대수롭잖게 여겼는데, 실제로 여러 단체와 기업의 후원을 이끌어주었다. 김 교수는 훗날 한 일간지에 '음악친구들'을 소개하는 칼럼을 쓰기도 했다.

지난 22일 밤 서울 양재동의 엘타워 그랜드홀에서는 의미 있는 행사 하나가 열렸다. '봉사와 나눔 문화 확산을 위한 1004 음악회'. 각계각층의 사람들이 이 모임의 취지에 찬동하여 음악회에 몰려왔고 기꺼이 꽤 비싼 티켓을 샀다. 회장의 인사말과 기증식에 이어 이날의 하이라이트인 우주호와 음악친구들이 등장했다. 일명 극장을 떠난 바보 음악가들이었다.

십여 명의 젊은 남성들이 뽑아내는 우렁찬 목소리는 삽시간에 좌중을 압도했다. '친구' '향수' '우리들은 미남이다' '최진사댁 셋째딸' 등 그들의 레퍼토리가 이어질 때마다 환호와 박수가 뒤따랐다. 기침소리 하나도 조심스러운 여느 음악회와는 사뭇 다른 분위기였다. 출연자와 관객이 혼연일체가 되는 느낌이었다. 바로 이런 분위기와 느낌의 공연이야말로 바보 음악가들이 목표로 하는 공연일 것이다. 그런데 하나같이 잘생기고 노래 잘하며 화려한 이력을 지닌 그들을 바보라고 부르는 이유는 뭘까. (중략)

사실 극장을 떠난 공연이란 불편한 것이 한두 가지가 아니어서 어쩌다 한두 번이라면 몰라도 수백 회를 이어오며 계속하기란 보통 어려운 일이 아닐 것이다. 그럼에도 불구하고 이들은 화려한 스포트라이트를 받는 극장보다는 그늘지고 소외된 우리 사회의 곳곳에서 그들의 목소리로 나눔을 실천해왔던 것이다. 양로원과 보육원은 물론 나환자촌과 교도소와 농촌을 돌면서 그들은 수년 동안 바보같이 어려운 공연 행보를 이어온 것이다.

- 김병종, '바보 음악가들의 행진', 《서울신문》 2009. 10. 29.

모세혈관 문화운동의 지원 기간은 1년이었다. 운동의 취지는 살려나가되 새로운 활로를 모색해야 했다. 10여 명이 모인 음악모임을 후원해줄 수 있는 독지가나 기업을 만나는 것은 쉬운 일이 아니었다. 이리저리 뛰어다니며 사람들을 만나고 설득했지만 손에 쥐는 수확은 없었다. 시간이 흐를수록 초조감은 더해갔다. 궁하면 통한다고 했던가, 한 후배의 주선으로 기업인을 만나게 되었다.

DSD삼호 김언식 회장, 국내 1세대 디벨로퍼(부동산 개발업체)로 독특한 이력의 소유자였다. 음악가 집안이어서 음악에 관심이 깊었고, 프로볼링 선수 출신으로 한국프로볼링협회를 오랫동안 이끌고 있기도 했다. 아파트단지를 개발할 때 예술성을 강조하는 그는 주거공간도 예술작품처럼 감상하고 즐길 수 있는 수준이 되어야 한다는 소신을 펼쳤다. 게다가 아파트단지 개발에도 가치 환원을 금과옥조로 삼았다. 그가 공급한 단지 중에 가치 환원이 안 된 단지가 발생하자 수백억 원을 추가로 투입해 국내 최고 수준의 조경 공사를 한 것은 업계에서 유명한 일화로 남아 있다.

수원 인계동에 있는 DSD삼호 사옥에서 김 회장을 만났다. 성공한 사업가답지 않게 소탈한 인상을 풍겼다. 프로볼링선수여서인지 악수를 하자 강한 악력이 느껴졌다. '음악친구들'의 활동상은 몇몇 경로를 통해 전해 들었다며 사회적으로 의미 있는 일을 한다고 인사를 건넸다. '음악친구들'을 꾸리게 된 동기와 과정을 얘기하자, 일을 안정적으로 지속하기 위해서는 별도의 공간이 필요하지 않겠느냐고 했다. 그러면서 건물 3층에 있는 아트홀로 안내했다. 250석 규모의 꽤 괜찮은 강당이었다. 김 회장은 여기서 음악회 준비나 공연이 가능하겠느냐고 물었다. 우선은 피아노가 필요하고, 가능하다면 음향과 조명, 분장실도 손을 보면 좋겠다고 했다. 김 회장은 요구조건을 모두 들어주겠다고 했다. 전혀 기대하지 않았던 파격적인 제안이었다. 그뿐만이 아니었다. 실무진에 얘기를 해둘 테니 '음악친구들'을 후원할 수 있는 구체적인 방안을 협의해 진행해보라고 했다. 그렇게 해서 예산 지원까지 받게 되었다.

천군만마를 얻은 셈이었다. 후원자를 못 구해 밤 깊도록 고민에 휩싸여 있을 때는 외롭기 그지없었는데 누군가는 '음악친구들'을 주목하고 있었던 것이다. 나중에 알게 된 사실이지만, 김 회장은 '음악친구들' 외에도 여러 예술 체육단체와 소외계층을 후원하고 있었다. 하지만 후원자로서 자신의 존재는 드러내지 않은 것은 물론, 후원받는 단체에 대해 어떠한 간섭도 하지 않았다.

김 회장이 손을 잡아주면서 '음악친구들'의 활동은 새로운 궤도에 접어들었다. 경기도문화예술회관의 후원을 받을 때는 경기도 내에서만 움직일 수 있었지만, DSD삼호의 후원을 받으면서 전국으로 활동 영역을 넓힐 수 있었다. 지원 기간도 6년이나 되었다.

듬직한 후원자를 만난 '음악친구들'은 국토의 구석구석을 찾아다니며 노래를 부르고 이야기를 들어주고 손을 잡아주었다. 감동적인 사연이 차곡차곡 쌓였다. 강원도 평창을 고생 끝에 찾아갔는데 관객은 20여 명에 불과했다. 여느 때처럼 정성을 다해 노래를 불렀고 박수가 터져 나왔다. 공연을 마친 후에 한 할머니가 어린 손자의 손을 잡고 찾아와서는 꼬깃꼬깃 접은 만 원짜리 한 장을 건넸다. 그러고는 손자에게 좋은 노래를 들려줘 너무 고맙다며 깍듯하게 인사를 했다. 차마 거절할 수 없는 귀한 돈이었다.

한센인들의 쉼터인 안동 성좌원도 찾아갔다. 노래를 부르자 박수가 쏟아지는데, 소리가 왠지 이상했다. '딱딱딱' 하는 묘한 소리가 섞여 있었다. 알고 봤더니, 팔순의 할머니가 노래에 감동을 받아 손에 피가 날 정도로 힘껏 박수를 쳤는데, 한센인의 손이어서 박수소리가 일반인들과는 달랐던 것이다. 주호는 할머니의 손을 잡아주고 싶었지만 한사코 손을 피하는 바람에 따뜻하게 안아주었다.

'음악친구들'의 활동 폭이 넓어질수록 좋은 평이 뒤따랐지만, 모두가 그런 것만은 아니었다. 다른 시각으로 보는 사람도 있었다. 극장 바깥에서 부르는 노래가 과연 엄격한 의미의 클래식 음악이라고 할 수 있느냐는 문제제기였다. 소외된 사람들에게 좋은 음악을 들려주고 함께하자는 것인데, 굳이 그렇게 따질 필요가 있는가. 주호는 클래식 음악에 대한 해석의 차이라기보다는 가치관의 차이에서 기인한 문제제기가 아닌가 했다.

한양대 박수길 교수 연구실에서 제자 모임이 있던 날, 다들 자리를 뜨고 박 교수와 단 둘이 마주 앉게 되었다. 모임 내내 표정이 밝던 박 교수가 정색을 하고 말을 꺼냈다.

"요즘 많이 바쁘겠군. 극장 안팎을 뛰어다닌다고."

"예, 열심히 하고 있습니다."

"자네가 하고 있는 활동, 취지가 좋아서 말을 아끼고 있었는데, 자네도 대학에서 자리를 잡아야 안정적으로 음악을 할 수 있지 않겠나. 그런데 그 활동이 얼마나 도움이 될지 솔직히 걱정이네."

주호는 뭐라고 답변을 해야 할지 몰라 침묵을 지켰다.

"좋은 일 한다고 고생이 많다는 것은 알고 있는데…… 지금 하고 있는 일은 대학에서 자리를 잡은 후에 해도 되지 않겠나 싶어. 잘 생각해보게."

박 교수의 충고는 지극히 현실적인 문제였다. 이탈리아 유학까지 다녀온 마당에 대학교수에 마음이 없다면 거짓말일 것이다. 하지만 대학교수 사회는 나름의 룰이 있기 마련이다. '음악친구들'의 활동은 그 룰에서 벗어나 있다는 것을 주호도 모르지는 않았다. 그 룰은 극장 바깥에서 부르는 노래가 과연 엄격한 의미의 클래식 음악이라고 할 수 있느냐는 문제제기와 일맥상통한 것이었다. 그렇다고 대학교수 자리를 위해 자신의 신념과 가치를 저버릴 수는 없었다.

사실 주호는 한국에 정착한 후로 이런저런 현실적인 어려움과 직면하게 되었다. 한국 성악계는 유럽과는 여러 가지 면에서 차이가 있었다. 이를테면 일반적으로 성악가들은 먹고사는 문제는 걱정하지 않는 사람이라고 생각하지만 실상은 그렇지 않다. '음악친구들' 멤버 중에 탑차 운전을 하는 친구가 있는가 하면, 성악가 중에 보험설계사, 식당, 대리운전을 하는 경우도 있다. 이들은 대체로 외국 유학도 다녀오고 실력도 상당한 수준이다. 하지만 국내 무대에서 안정적으로 자리를 잡고 노래를 부를 수 있는 기회는 지극히 제한적이다. 과거에는 음악학원이나 피아노학원을 하며 생계를 꾸리기도 했지만, 인구 감소와 순수예술 기피로 그마저도 힘들게 되었다. 국민소득 3만 달러를 넘는 시대에 출연료가 지급되는 무대를 만나기는 쉽지 않은 게 현실이다. 그래서 대리운전이라도 할 수밖에 없는 것이다. 주호는 출연 제의가 꽤 들어오기 때문에 생계 걱정을 하지 않지만, 동료들의 막막한 사연을 접할 때는 마음이 아팠다.

한국에서는 매니저도 구할 수 없다. 성악가는 매니저가 있어서는 안 된다는 것이 일종의 불문율이다. 만약 매니저와 일한다는 소문이 돌면 금세 건방지다는 악평이 나돈다. 변호사나 회계사가 매니저를 겸하며 스타 성악가를 체계적으로 관리하는 유럽과는 너무나 대조적이다. 한국에서도 대중가수는 물론, 뮤지컬 가수, 재즈 가수도 기획사에 소속돼 있는데 유독 성악가만 스스로 모든 문제를 해결해야 하는 것은 미스터리에 가깝다.

출연료 책정도 이해하기 힘들다. 특급 스타를 제외하고는 출연료가 거의 균일하다. 무대 경력이나 배역 비중 같은 것은 출연료의 고려 요소가 안 된다. 프로 스포츠도 성적에 따

2006년 10월 안양 평촌아트홀에서 열린
'우주호와 함께하는 드림 콘서트'.

라 연봉이 책정되는 것은 상식인데, 성악계는 거의 획일적이
다. 매니저를 둘 수 없는 것과 무관할 수 없는 현상이다.

좋은 작품이 무대에 올라가는 횟수도 유럽과는 비교가 안
된다. 유럽에서 실력파 오페라 가수는 대표작 5편 정도에 각
100회 이상 출연한다. 이렇게 해야 작품 해석을 깊이 있게

하고, 좋은 노래와 연기를 관객들에게 선사할 수 있으며, 좋은 작품이 계속 무대에 오를 수 있는 선순환 구조가 만들어진다. 이탈리아의 바리톤 티토 곱비는 〈오셀로〉 〈토스카〉 두 작품으로 오페라계의 가치와 기준을 만든 대가로 추앙을 받았다. 하지만 한국에서는 좋은 작품이 무대에 올라가는 횟수가 적다 보니 오페라 가수가 활동할 수 있는 기회도 적고, 뛰어난 오페라 가수가 나오기도 힘들어진다. 사정이 이렇다 보니 유럽의 성악가들은 50대 중반에서 60대 초반까지가 전성기이지만 한국에서는 40대 후반에서 50대 초반에 성악가의 생명이 끝나는 경우가 허다하다. 이런 상황에서 주호가 〈오셀로〉와 〈라 트라비아타〉에 각 40여 회 출연할 수 있었던 것은 그나마 행운이 아닐 수 없다.

주호 주변에는 열악한 여건에서도 득음의 경지에 이르기 위해 부단히 노력하며 묵묵히 선행을 펼치는 성악가들이 있다. 메조소프라노 김수정이 대표적이다. 연세대 음대 최초로 성악과와 작곡과를 졸업한 그는 폴란드 바르샤바 국립오페라단 최초의 동양인 솔리스트이다. 수많은 오페라에 출연했고, 서귀포오페라페스티벌 음악감독도 맡았으며, 한국입양어린이합창단 단장으로 입양아를 위해 헌신하고 있다. 김수정이 합창단을 데리고 미국 워싱턴 D.C.의 케네디센터에서 공연을 하겠다고 하자 주변에서는 농담으로 흘려들었지만, 결국 공연을 성사시켜 극장을 감동의 도가니로 만들었다.

8
바람 부는 길

하늘에서 내려다본 북녘 땅은 황량한 잿빛이었다. 언덕처럼 밋밋한 능선이 시야에 들어왔다. 들판에는 사람들이 드문드문 보였다. 지붕 낮은 집들이 이따금 눈에 띄었다. 곧 평양 순안국제공항에 도착한다는 안내방송이 나오자 조용하던 비행기 안이 웅성거렸다. 비행기 랜딩기어가 충격음을 내며 활주로에 접촉하는 순간, 북녘 땅에 도착했다는 실감이 온몸에 느껴졌다.

2005년 8월 31일, 한국 오페라 역사에 한 획을 긋는 일이 있었다. 역사상 처음으로 남한 오페라 작품을 북한 무대에 올린 것이다. 광개토대왕의 사랑과 용맹을 다룬 남한 창작 오페라 〈아, 고구려 고구려〉를 평양 봉화예술극장에서 선보였다. 뉴서울오페라단이 기획한 이 작품은 2005년 3월 말 세종문화회관에서 초연을 했으며, 남북 당국이 합의해 평양 공연이 성사되었다. 4~5세기 이야기를 새롭게 복원하고, 춤과 의상, 벽화, 조명 등에 많은 공을 들였다. 20억 원의 제작비가 투입된 대작이었다.

주연인 광개토대왕 역을 주호가 맡았다. 캐릭터와 발성 등 여러 가지 면에서 가장 잘 어울린다는 것이 중평이었다. 역사적인 작품의 주연을 맡아 어깨가 무거웠는데, 하필 알레르기로 인한 기관지염이 심해져 준비 과정이 순탄치 않았다. 평양의 공연 여건도 문제였다. 2시간이 걸리는 작품을 북한 당국은 1시간으로 단축해달라고 요구했다. 일정도 당일 오전 리허설에 오후 5시 공연으로 잡았다. 이것만으로도 공연단을 곤혹스럽게 했는데 2천 석 규모의 봉화예술극장은 조명, 음향 등 기본적인 시설이 열악한 데다 오케스트라도 현지 사정으로 서울 초연 규모의 절반인 30여 명으로 줄여야 했다. 애당초 작품성을 온전히 구현하기에는 무리가 있었다.

평양 고려호텔에 도착해 여장을 풀고 동료들과 커피를 마시러 로비로 내려가자 40대 남성이 깍듯하게 인사를 했다.

담당 안내원이라고 소개한 그는 중키에 머리카락이 짧고 마른 체형이었다. 한눈에 인텔리라는 것을 알아볼 수 있었다. 북한에 오기 전에 안내원과는 가급적 말을 섞지 말라는 교육을 받았지만 호기심에 대화를 나누지 않을 수 없었다. 안내원은 오페라 가수에 대해 경계심은커녕 신기하게 여기는 눈빛이었다. 북한에는 정통 오페라가 존재하지 않으니 처음 보는 오페라 가수가 그렇게 보일 것이었다. 이동하는 버스 안에서 껌을 건네자 안내원의 눈이 휘둥그레졌다. 당시에도 껌은 북한에서 쉽게 접할 수 있는 게 아니었다. 공연 전에 껌을 씹으며 긴장을 풀기 때문에 껌은 중요한 필수품이라고 하자 안내원은 웃는 얼굴로 연신 고개를 끄덕였다. 리허설이 시작되기 전에 작별 인사를 건네는 안내원의 눈망울이 그렇게 선해 보일 수 없었다.

"공연 잘하시라우. 그간 고마웠수다."

주호도 또 만날 수 있었으면 좋겠다고 인사를 하고 리허설에 들어갔다.

봉화예술극장은 입추의 여지가 없었다. 광개토대왕의 아리아와 무용을 중심으로 공연이 진행되었다. 무대는 어색했지만 출연진들은 공연의 의미를 생각하며 최선을 다했다. 공연이 끝나자 기립박수까지 나왔다. 기계적인 박수 같다는 느낌도 없지 않았지만, 전반적으로는 반응이 뜨거웠다. 공연을 지켜본 남북 인사들 모두 역사적 공연의 취지에 부합한 수작이었다며 만족감을 드러냈다. 남북이 공유할 수 있는 내용의 창작 오페라는 북한에서도 좋은 반응을 보인다는 것을 확인할 수 있었던 소중한 기회였다.

2015년 4월 초 국립오페라단 단장한테서 연락이 왔다. 광복 70주년을 기념해 창작 오페라 〈주몽〉을 무대에 올리는데, 주연인 주몽 역을 맡아달라는 요청이었다. 고구려의 건국 신화인 〈주몽〉은 주제나 성격 면에서 광개토대왕을 다룬 〈아, 고구려 고구려〉와 같은 맥락의 창작 오페라로 볼 수 있었다. 국립오페라단에서는 주호가 〈아, 고구려 고구려〉에서 광개토대왕 역을 잘 소화해낸 데다 체격조건과 곡의 음역대가 잘 어울려 주몽 역에 발탁한 것이었다.

6월 6일, 7일 이틀간 예술의전당 오페라극장에서 열린 〈주몽〉은 화제의 오페라로 부각되었고, 주호 특유의 중후한 카리스마가 돋보였다는 호평이 이어졌다. 이 작품 덕분에 그는 2015년 대한민국 오페라 대상 주역상을 받으며 오페라 데뷔 25주년을 뜻깊게 보낼 수 있었다. 하지만 아쉬움이 남기도 했다. 당초 이 작품은 서울 공연 후에 평양을 거쳐 전 세계 투어 공연을 하기로 계획을 세웠으나 수포로 돌아가고 말았다. 게다가 작곡을 맡은 박영근 교수가 이듬해 갑자기 작고하는 바람에 충격을 받았다. 한양대 음대 학장을 지낸 박 교수는 실향민이기도 해서 한민족 역사의 뿌리라 할 수 있는 〈주몽〉에 강한 애착을 가졌다.

주호는 〈주몽〉과 〈아, 고구려 고구려〉가 미완의 작품이자 현재진행형인 작품이라 여긴다. 남북이 힘을 합쳐 새로운 작품으로 거듭나도록 하고, 평양을 거쳐 일본, 중국, 이탈리아, 미국 등지에서 관객을 만날 수 있는 날이 와야 한다고 믿고 있다. 세계인의 사랑을 받는 창작 오페라를 꼭 제작해보고 싶은 꿈을 지금도 품고 있다.

그사이 '음악친구들'의 활동도 계속 이어졌다. 노래 운동을 좀 더 체계적으로 하기 위해 2009년에 사단법인 농어촌 문화미래연구소를 설립했다. 찾아갈 곳도 많았고 부르는 곳도 많았다. 산과 하늘, 바다가 모두 푸르러 청산도라고 하는 작은 섬까지 가기도 했다. 서울에서 완도까지 승용차로 이동한 후, 배를 타고 40분가량 가야 했다. 농협회관에 마을주민들이 기다리고 있었다. 노인과 다문화가정이 대다수였다. 공

경기도 안성 일죽 농협회관에서.

연이 끝나자 한 할머니가 질문을 해도 되냐고 했다. 기상천
외한 질문이었다.

"긍께 성악가 아저씨 옷 한 번만 슬쩍 만져봐도 괜찮을지
모르겠소?"

"와 안 되겠는교. 실컷 만져보이소. 엉뚱한 데 만지지만 말
고요."

회관은 웃음바다가 되었다. 할머니는 평생 연미복을 만져
본 적이 한 번도 없었다. 주호는 할머니에게 다가가 어깨를

주물러 드렸다.

청산도 공연에 이진원이 오지 못했다. '음악친구들'은 공연 당일 새벽 5시에 수원에서 모이기로 했다. 이진원은 꼭두새벽에 집에서 나섰다가 약속장소에 거의 다 와서 교통사고를 당했다. 그가 운전하던 승용차의 맞은편에서 음주 차량이 중앙선을 넘어와 정면충돌한 것이었다. 대퇴부가 골절되었고, 차량은 폐차될 정도로 심하게 파손되었다. 사고현장에 도착한 주호는 공연을 취소하려고 했으나 이진원이 한사코 말리는 바람에 어쩔 수 없이 완도로 향했다. 구급차에 실려 간 그는 5개월간 입원 치료를 받았다. 승용차로 장거리 공연을 다니다 보니 이따금 교통사고를 당했다. 주호의 승용차가 눈길에 미끄러져 논바닥으로 추락했는가 하면, 이재필이 탄 승용차가 눈길에 미끄러져 중앙분리대와 충돌하는 사고도 있었다. 그런 위험과 우여곡절을 겪으면서 극장 밖의 사람들과 만난 횟수가 1천500여 회에 이른다.

주호는 근래 새로운 음악운동에 시동을 걸었다. 한국 가곡 100주년 기념 행사 개최와 그 기념관 건립에 소매를 걷어붙이고 나선 것이다. 한국 가곡은 일제강점기와 전쟁을 거치면서 깊은 상처를 받은 사람들에게 위로와 희망을 주었고,

1970~1980년대에는 전성기를 구가하며 국민들의 큰 사랑을 받았다. 하지만 대중음악이 다양해지는 1990년대부터 대중의 관심에서 서서히 멀어져서 이제는 대중으로부터 외면당할 수도 있다는 위기감이 들 정도가 되었다. 주호는 한국 가곡의 위기를 타개하고 새로운 활로를 열기 위해 음악인들을 만나 허심탄회하게 의견을 나누었다.

우선 한국 가곡의 역사를 새롭게 정립하는 것이 필요했다. 그동안 한국 가곡의 효시는 1920년 홍난파가 작곡한 '봉선화'라는 것이 음악계의 통설이었다. 하지만 1922년 발표된 '동무 생각'을 기점으로 봐야 한다는 주장도 있다. '봉선화'는 홍난파가 내놓은 바이올린 기악곡에 1926년 성악가 김형준이 작사를 해서 만들어졌으니 엄격히 보면 1926년에 만들어진 가곡이고, 그렇다면 1922년의 '동무 생각'을 가곡의 효시로 보는 게 온당하다는 얘기다.

주호는 1922년을 가곡의 효시로 보는 것이 타당하다고 보고, 뜻을 같이하는 음악인들과 2022년 한국 가곡 100주년을 기념하는 동시에 한국 가곡의 부흥을 도모하는 행사를 마련하기 위해 동분서주하고 있다. 이창기 마포문화재단 대표가 이러한 취지에 공감해 마포문화재단 주최로 2019년 9월 마포아트센터에서 '100인의 성악가가 부르는 100곡의 한국 가곡 르네상스'를 열었다. 이 행사에는 30대부터 80대의 성악가 100명이 출연해 100곡의 주옥같은 한국 가곡을 불러 큰 반향을 불러일으켰다. 이 행사를 기획하고 준비하는 과정에서 박수길 교수, 이건용 교수, 최영식 한국가곡연구소장 등이 큰 힘이 되어주었다.

한국 가곡 100주년 기념관 건립 추진도 같은 맥락의 사업이다. 국민과 애환을 함께해온 가곡의 역사를 한눈에 볼 수 있는 기념관은 범국민적 차원에서 필요한 공간이다. 좋은 가곡이 탄생하기 위해서는 아름다운 모국어와 시가 필수조건이다. 가곡이 꽃이라면 시는 뿌리이고 모국어는 토양에 해당한다. 한글과 시, 가곡은 떼려야 뗄 수 없는 한몸이며, 궁극에는 아름다운 정신이 있어야 한다. 따라서 한국 가곡의 역사를 일목요연하게 정리하는 기념관은 가곡은 물론, 한글과 시, 한국인의 정신과 굴곡진 역사를 표상하는 공간이 되어야 하며, 기념관 건립 추진에는 음악인, 문학인, 국어학자, 역사학자, 사회학자 등이 폭넓게 동참해야 한다. 주호는 이런 믿음을 갖고 다양한 사람들을 만나며 한국 음악의 새로운 길을 내고 있다.

2009년 12월 주호는 〈사모곡〉이라는 제목의 음반을 제작했다. 어머니를 생각하며 '그리움'을 비롯해 '초롱꽃' '못 잊어' '봄이 오면' '산촌' 등 16곡의 우리 가곡을 담았고, 앨범 표지는 김병종 교수의 그림 '생명의 빛'으로 꾸몄다. 음반을 낸 후 한 언론과의 인터뷰에서 이렇게 말했다.

"지금까지 남을 위해 혹은 나 자신을 위해 노래를 부른 적은 있었지만, 정작 어머니를 위한 노래는 해보지 못한 것 같습니다. 병환 중에 계신 어머니에게 들려드리고 싶은 우리 가곡을 봄 여름 가을 겨울 사계절에 어울리는 노래로 담았습니다. 사계절 안에는 사랑과 그리움이 다 그려져 있어요."

매일 아침 아들의 노래를 듣던 어머니는 2018년 4월 숨을 거두었다. 주호에게 맨 처음 성악의 길을 가르쳐주었던 작은형은 뒤늦게 음대 성악과에 입학해 갖은 고생 끝에 졸업장을 받았고, 지금은 포항의 한 고등학교에서 음악 교사로 지내고 있다. 다 지나간 일이지만, 작은형은 청소년기에 성악가의 꿈을 이룰 수 없게 되자 동생에게 그 꿈을 투사했던 것이 아닌가 싶다. 작은형과 주호는 운명의 굵은 동앗줄로 묶여 있었던 것이다. 하긴 지천명을 넘어 회갑을 바라보는 고갯마루에 서서 인생의 발자취를 되돌아보면 지나간 모든 것이 운명

2004년 9월 서울 양재동 주호의 집에서 어머니와 함께.

이라고밖에 말할 수 없지 않은가.

　어머니는 하늘나라로 가셨지만 이 지상의 낮은 곳에는 노래를 듣고 싶어 하는 많은 어머니와 사람들이 있다. 눈을 감으면 어느 결엔가 문밖에서 서성이곤 하는 그들을 만나기 위해 바보 성악가는 바람 부는 길을 또 떠나야 한다.

　본문에도 나오지만 '우주호'라는 이름은 한 번 들으면 잊히지 않을뿐더러 외모 또한 주인공 스스로 일컫듯 광대에 가까워 한 번 봐도 뇌리에 생생할 만큼 인상적이다. 이름 있고 솜씨 좋은 저자를 만났다면 '우주호'는 더 빛이 났을 터인데, 사정이 그렇지 못해 미안할 뿐이다.

　주인공은 작년 늦가을 어느 날, 국토 곳곳을 돌아다니며 장삼이사들과 어울려 노래를 부르는 자신의 행동이 과연 옳은 것인지 자신이 없다고 고백하듯이 말했다. 오랜 세월 자신의 모든 것을 걸다시피 하며 지속한 일을 두고 이제 와서 무슨 말을 하는가 싶었다. 나는 마땅히 할 말이 없어 구기동 찻집의 창문 너머 낙엽 쌓인 거리를 물끄러미 바라보다가 아무도 가보지 않은 곳에 온몸을 던져 길을 내는 사람의 고독을 느꼈다. 주인공은 그의 고투를 그렇게 에둘러 표현한 것이리라.

세상을 두루 살피라는 큰 뜻을 품은 이름의 주인공과 그와 함께 고생길을 걸어온 모든 분들에게 이 얇은 책이 작은 위안이 될 수 있기를 바란다.

2020년 8월 글쓴이

지은이 **김도형**

1968년 포항에서 태어나 동지고, 경희대 국문과 및 동대학원을 졸업했다. 예담출판사 편집장 등을 거쳤고, 글로벌 해양수산 매거진 《THE OCEAN》 편집위원, 독도도서관친구들 이사, 한국단백질소재연구조합 본부장을 맡고 있으며, 『바람의 땅 포항』을 낸 바 있다.

우주호

1967년 포항에서 태어나 대동고, 한양대 성악과를 졸업한 후 이탈리아 유학길에 올라 산타체칠리아 국립음악원을 거쳐 로렌조 페로시 국립음악원을 졸업했다. 프란체스코 칠레아 국제콩쿠르, 타란토 국제성악콩쿠르, 아부르초 국제성악콩쿠르에서 1위를 석권하며 두각을 나타냈고, 로마 국제오페라콩쿠르 1위를 계기로 로마국립극장에서 〈라 트라비아타〉의 제르몽 역, 〈팔리아치〉의 토니오 역으로 데뷔하며 이탈리아 오페라계의 샛별로 떠올랐다. 독일 플랜츠부르크 극장에서 〈오셀로〉의 이아고 역으로 출연한 후 독일의 저명 음악잡지인 《오픈벨트》가 "베르디가 원하는 최고의 바리톤이 나타났다"고 호평할 정도로 유럽무대에서 많은 주목을 받았다.

2003년 귀국 후 국립오페라단, 서울시립오페라단 등의 초청을 받아 〈오셀로〉 〈라 트라비아타〉 〈토스카〉 〈시몬 보카네그라〉 〈아, 고구려 고구려〉 〈주몽〉 등 주요 오페라에 500여 회 출연하며 한국을 대표하는 바리톤으로 명성을 얻었다. 특히 '우주호와 음악친구들'을 결성해 농어촌과 장애인시설, 노인복지관, 보육원, 교정시설 등에서 17년간 1천500여 회의 무료 음악회를 개최하는 문화운동을 펼치며 우리 사회에 잔잔한 감동을 주고 있다.

한국오페라대상 대상, 국무총리상, 문화체육관광부장관상(예술인상) 등을 수상했으며, NH아트홀 예술감독, 마포문화재단 예술감독, 포항오페라단 단장 등을 거쳤고, 현재 한양대 겸임교수, 클래식문화제작소 예술감독 등을 맡고 있다.

이 사람

극장에서 나간 바보 성악가, 우주호

2020년 9월 28일 초판 1쇄 펴냄

지은이 김도형 | **펴낸이** 김재범
편집 김지연 강민영 | **관리** 홍희표 박수연
표지디자인 이진구 & 한동대 디자인연구소
인쇄·제본 AP프린팅 | **종이** 한솔PNS
펴낸곳 (주)아시아 | **출판등록** 2006년 1월 27일 | **등록번호** 제406-2006-000004호
전화 02-821-5055 | **팩스** 02-821-5057 | **이메일** bookasia@hanmail.net
주소 서울시 동작구 서달로 161-1 3층(흑석동 100-16)
홈페이지 www.bookasia.org | **페이스북** www.facebook.com/asiapublishers

ISBN 979-11-5662-502-5 (04810)
    979-11-5662-352-6 (set)

*값은 뒤표지에 표시되어 있습니다.